ポルタ文庫

まなびや陰陽
六原透流の呪い事件簿

硝子町玻璃

新紀元社

CONTENTS

プロローグ

都内某所。この日、空から降り注ぐ陽光のせいで、都会のコンクリートジャングルは厳しい暑さに見舞われていた。少し歩いただけでも全身から汗が流れ出し、街路樹に止まっている蝉の鳴き声が煩わしい。地球温暖化の影響か、世界各地で異常気象が発生する中、日本も連日猛暑が続いている。夏だといっても限度があった。

そんな時季だ。用事がないのなら屋外に留まる必要なんてない。だがこの日、とある交差点付近に何故か大勢の人々が汗だくになりながら集まっていた。

近くの住人やたまたま通りかかった者がほとんどだが、中にはカメラを構えていたり、中継カメラと思《おぼ》しきものの前で何かを喋っていたりする人もいる。その表情は険しく、決して明るいニュースではないのだと見る者に教えてくれた。

人々の立ち入りを禁ずるように、車道の一角に張り巡らされた黄色いテープ。その先は更に青いビニールシートで囲われており、中では数人の男たちが硬い面持ちで佇んでいた。

つい先ほどまでここに在《あ》った、車に轢《ひ》かれた中年男の死体。しかし、それはそんな簡単な言葉で片付けられるようなものではなかった。四肢が有り得ない方向に折れ曲がり、頭部は百八十度回転して顔が真後ろを向いている。周囲には乾いて変色した血痕が大量に残され、死体は既に片付けられたのに、いまだ血の臭いが空気の中に混じったままだった。

「酷い有り様だったすね、ありゃ」

男たちの中で一番若い黒髪の男が鼻をつまみながら、呆れたような口調で言う。

「交通事故であそこまでなってんのは、あんまないんじゃゃないですか？」

「そうだな。ま、無理もないというか……」

溜め息をついたのは白髪交じりの四十代の男だ。顎に生えた無精髭《ぶしょうひげ》を指で撫でつつ、アスファルトに飛び散った血を見下ろす眼差しには、憐憫と困惑が入り交じっていた。

「あいつ十一回も轢かれたらしくてな」

「はぁ？　十一回？」

「一回轢かれるだろ？　そんで撥《は》ね飛ばされた所を走ってきた別の車にドンッて感じで、その繰り返しだ」

「いやいや何すか、その神がかった連鎖。全然嬉しくねぇ」

「早い段階で死んでいてくれりゃあ……ってのが唯一の希望だな。十一回も轢かれながら死ぬ人生なんて惨《むご》すぎる」

無精髭の男の嘆くような物言いに若い男は言葉を返さず、ブルーシートの外へ視線を向けていた。先ほどから野次馬とは明らかに異なる種類の声が聞こえてくるのだ。恐らくは怒声。それも女の。

「離せって言ってるでしょ!? 私はあのクソ野郎の死に顔が見たいのよ！」

「落ち着いてください。ここからは関係者以外立ち入りが禁じられてますので……」

「私は十分、関係者よ！ あいつに騙されたの！」

テープの前で一人の女が数人の警官に取り押さえられている。よほど興奮しているのか、自分をスマホで撮影する野次馬たちの存在すら気に留めていないらしい。綺麗な顔を歪めて暴言を喚《わめ》き散らしていた。

「お姉さん、こんな暑い日に暴れてると熱中症になりますよ」

若い男はブルーシートの中から出ると、テープの境界を越え、宥《なだ》めるように女へ話しかけた。額や鼻の下に浮かぶ汗を直前に拭き取っていた彼とは反対に、だらだらと汗を流したままの無精鬚の男もテープから出てくる。

対照的な二人に女は怒りを引っ込めると、怪訝そうに彼らを見比べた。

「あんたたち……警察の人間？」

「そういうこと。しかも刑事だったりするんですよ」

二人の男がほぼ同時に胸ポケットから警察手帳を取り出し女に見せ付ける。若い男のものには保村恭一郎《ほむらきょういちろう》、無精鬚の男のものには笠井裕《かさいゆたか》と名前が記されていた。

「ちょうど用事ついでに外回りしてたら、たまたま事故に遭遇しましてね。こうして様子を見に来たわけで……」

　保村が淡々と説明していると、女は笑みを浮かべて首を横に振った。

「事故じゃないわ、これは殺人よ」

「え？　いや、事故状況を詳しく調べないと実際故意で撥ねたかは」

「いいえ！　私と同じ目に遭った誰かがあいつを呪い殺したの！」

　女の言葉にその場が一気に静まり返った。空気を読まない蝉だけが残り僅かな寿命を使い切るように鳴き続けている。女の剣幕を全くものともしていなかった保村もこれには咄嗟《とっさ》に言い返せずに黙り込んだ。

　いち早く我に返ったのは笠井だった。

「……同じ目に遭ったというのは？」

「あいつ、家庭を持ってるくせに浮気してたのよ」

　吐き捨てるように女が言う。

「なるほど。あなたはその相手で他にもいたと」

「十一人よ」

「普通に考えると多すぎじゃねーか。笠井さんもそう思いません？」

「保村、ちょっと黙ってろ」

「年上が大好きすぎて、その熱は結婚したくらいじゃ封印出来ないって言ってたわ」

「結婚したなら性癖は封印しろよ」

「保村！」

笠井もそう思ったものの、それは口に出すべきじゃない。躊躇《ちゅうちょ》なく言い放った保村に、笠井は咎《とが》めるように名前を叫んだ。

「あいつ……自分の友達に何て言ってたと思う？『俺が監督になって浮気相手集めてサッカーチームを作る』ですってよ⁉ 中高と卓球部やってたくせにサッカー⁉ そんな所でまで浮気癖発動しなくたっていいだろうがよぉ！」

「お姉さん落ち着いて」

「つーか、勝手に種目決めんじゃねぇよ、私はテニスがやりたかった‼」

暑いからだろう。女の怒りが明後日の方向に向かいつつあった。そして、その場に崩れるように座り込み、俯《うつむ》いてしまう。

保村と笠井は顔を見合わせると、それぞれ何とも言えない顔をした。ただでさえ奇異な事故で亡くなっているというのに、本人も曰く付き。

「でも……ふふふ……ふっ、ふはっ、あはははははは……」

俯いたままの女から低い笑い声が漏れ出す。側で見守っていた警官が無意識に後退《あとずさ》りをする。どこか不自然に聞こえるそれに保村も眉を顰《ひそ》め、目線を合わせるためにしゃがみ込んだ。

「……何がおかしいんですか？」

「だって、あいつ相当酷い死に方したんでしょ？　これは呪いよ。あいつを憎んでる人間が呪いで殺したんだわ」

「呪い、ねぇ。そんなもの本当にあると、あなたは信じてるわけで？」

「信じてるわ」

保村の呆れを含んだ問いかけに女は即答した。

「信じてなければ、金を払ってまでプロにあいつを呪い殺してって依頼しようとしないわよ。今日が振り込みの期限だったんだけど、助かったわ。払う前に死んでくれて。浮いた金で今日は飲みに行くの」

一人の人間が惨い死を遂げた。なのに人生の山場を乗り越えたかのような晴々とした表情で女は笑う。会話こそ聞こえていないものの、異様な雰囲気を感じ取ったのか、野次馬は皆、顔を強張《こわば》らせていた。

保村が横目で見ると、笠井は渋い顔で何度も顎鬚を擦《こす》っていた。

◆◆◆

「保村、お前どう思う？」

事故の影響で渋滞気味の街中で車を走らせながら、笠井は助手席でスマホを弄《いじ》る保村に話しかけた。邪魔すんな、と言いたげな態度で保村も口を開く。

「最近のラノベとかアニメってヒロイン五、六人くらいでしょ？　十一人ってソシャゲに片足突っ込んでません？」

「浮気相手の人数じゃなくて……」

「呪いがどーこーってやつですか？　まあ、便利だなってのが正直な感想っすね」

「正直過ぎるだろ。刑事として一番言っちゃいけないぞ、それ」

「笠井さんだって刑事として考えちゃいけないこと考えてるんじゃないですか。呪いによる殺人があるって本気で信じてるでしょ」

スマホを見詰めたまま保村が指摘すると、笠井はぐっと息を詰まらせた。

「……あの女以外の浮気相手は十一人。撥ねられた回数も十一回。こりゃあ偶然だとは俺には思えん」

「偶然ですよ、偶然。それか天罰」

「呪いを否定して、天罰は肯定するのか？」

「俺は信心深いんで。呪いだとか魔法だとか超能力だとか、そんな陳腐なものよりは、いるかどうかも分からない神様の存在の方がまだ信じられますよ」

「お前の言い方、なんかむかつくな……あとスマホ見んのやめろ！　今仕事中だからな！」

「はいはい。笠井さんの好みってどんなの？」

「はいは一回でいいんだよ。ボブカットで胸が小さめ三十代前半な」

笠井と会話を交わしつつも、保村はスマホを手離そうとはしない。その手が僅かに強張っていることに、運転しながら前を向いている笠井が気付くことはなかった。

いや、それだけではない。保村が頑なにスマホに目線を向け続ける理由など、笠井には知るよしもない。

「まあいい。今日はそこの所をはっきりさせに行こうじゃないか」

「……何しに、どこ行くんすか」

保村の視界では、フロントガラスに血まみれの男がヤモリのようにべったりと張り付いている。ガラスは肉片が混じった血で汚れ、先ほどの事故現場に残されていたような悪臭が車内に漂っていた。

顔は見えない。首が捻れて顔面が逆を向いているのだ。だが、元に戻そうとしているのか、男の頭部はびくびくと痙攣しながら少しずつ動いている。

保村はスマホを強く握り締める。やめろ、振り向くな。心の中で狂ったように何度も唱える。見ていなくても分かった。男はこちらを向こうとしている。その顔を見てはいけない。保村は本能的にそう感じ取り、知らない振りをしてスマホを弄るも、噎《む》せ返るような悪臭が指を震わせる。

笠井は何一つ異変を感知していないようで、のんきにハンドルを回しながら目的地について語り出した。

「この辺で講習会みたいなものを定期的にやっているらしくてな、それが中々興味の惹かれる内容で……うおっと⁉」

がくんっ、と急にブレーキがかかった車が大きく揺れて止まる。前方で何かあったのかと保村は反射的に顔を上げた。

ゼンマイが切れかけた人形のように歪《いびつ》な動きで、フロントガラスの男が今まさに振り向く寸前だった。見るなと保村の本能が叫んでも、保村には何もできない。〝その時〟が来るのを待つしかない。心臓が痛いぐらいに速く動いているのに寒気が止まらない。

ぎち、ぎっ、とゆっくり、ゆっくりと肉の潰れた顔が――。


『駄目だよ』

どこからか低く穏やかな、いや抑揚のない声が聞こえた気がして、一瞬ではあるが保村は意識をそちらに逸らした。

「…………っ？」

瞬きをするのも忘れて目の前の光景を見ていたはずだった。なのにフロントガラスに張り付いていたはずの男の姿はいつの間にか消えていた。ガラスに血も付着していない。まるで何もかもが質《たち》の悪い夢幻だったかのように。

呆然とする保村へ笠井が不思議そうに尋ねる。

「保村？　汗そんなに掻いて……冷房弱かったか？」

「あ……いや、急にブレーキ踏むもんだから、事故るかと思ってビビったんですよ」

「悪かったよ。だけど、さっき勝手にブレーキがかかったような気がするんだよな」

「……気を付けてくださいよ。刑事が運転ミスで事故るなんて洒落《しゃれ》にならんでしょ」

汗で濡れた手をスーツで拭《ぬぐ》いながら、保村は周囲を見回す。男の姿はどこにもなく、臭いも消えていた。

そのことに胸を撫で下ろしながらも、自分の目を抉《えぐ》ってしまいたい衝動に駆られそうになるのを手を握り締めて抑え付ける。

たまにあるのだ。ああいうモノが見えてしまうことが。

事件現場に行った時や、病院に聞き込みに行った時にその確率は高くなる。

きっとアレは俗に言う幽霊だと保村は認識している。

そして、いつも見えていない振りをして必死にやり過ごす。もし、見えていることに気付かれたらどうなるのか。その恐怖は初めて他殺体を目にした時に感じたものを遥かに超えていた。

霊が見えるなどと周囲に知られたくもない。人間の醜い部分と常に向き合い続ける職だ。心を病む者も少なくはない。人間の成れの果てが見えると言ったところで、病院と休息を勧められるのが関の山だと分かっている。誰かに悩みを打ち明けたいと思いはすれど、哀れみの視線を向けられたくない。そういう性分なのだ。

「…………」

「保村？　本当に大丈夫か？」

だが、今回は今までとは決定的に違った。諫めるような声がした直後、幽霊が消えたのである。一体何が起こったのだろう。保村の胸の内では、声の主に対する感謝より困惑が上回っていた。

突然ブレーキがかかったと思えば、すぐに何事もなかったかのように走り出す車。その光景を近くの電信柱の横から眺める男の姿があった。チェック模様のシャツに黒いズボンを穿《は》いた黒髪の男だった。まだ若いというのにとにかく地味な雰囲気を纏《まと》っている。

特に大きな事故にならず走行を再開した車に、安堵するように男が息を吐きだすと、男のシャツの袖が強い力で何かに引っ張られた。

それは小指が外側へ大きく折れ曲がり、中指の中ほどから骨が突き出た手だった。正確に言えば手首だけがその場に存在し、何かを訴えるように袖を掴んでいる。男の側を通る人々はそれに気付いていないのか、炎天下の中を忙しなく歩いている。

「……もう一度言うけど、駄目だよ」

男は表情一つ変えることなく、手首を見下ろすと淡々とした口調で告げた。

「あなたは理不尽な理由で殺された。可哀想だし、悔しくて悲しくて憎くて当然だと思う。だけど」

男がそっと振り払うような仕草をすると、手はぼろぼろと形を崩していった。その残骸は地面に落ちる前に粉々になり、塵にすらならず最終的に全て消えた。

「それは何の関係もない人を理不尽に殺していい理由にはならないんだ」

雑踏の中に溶け込んでしまいそうなほどに小さな声だった。男は掴まれていた袖を見下ろしていたが、突然スマホをズボンのポケットから取り出した。画面を見るや否や、男の顔から血の気が引く。

「あ……今日、講座があるんだった」

現在の時刻は十四時。講座は十四時二十分から。講座開始まであと二十分。

蝉の鳴き声があちこちから聞こえてくる都会の街頭で『誰でも分かる陰陽道《おんみょうどう》☆』の講師、六原透流《むつはらとおる》の時間との死闘が始まった。

CASE 1

カーズ・イーター

で使われている。借日会館《かるびかいかん》。白い線のような模様が所々に入った赤い看板が目印で、様々なイベント

そこで近頃開かれている講座が『誰でも分かる陰陽道☆』である。最後の☆マークは親しみを持ってもらおうという主催側の苦肉の策なのかもしれない。内容なだけに、実際は胡散《うさん》臭さを助長する効果を発揮しているが。

陰陽師《おんみょうじ》。アニメ、漫画、ゲームなど様々なジャンルに出てくる職業であり、作品によっては、まるで和風魔法使いのような描かれ方をされている。

だが、実在する陰陽師の主な仕事と言えば、風水占い、悪霊祓いである。しかも、どちらも非科学的であり、世間ではあまりいい印象を持たれていない。創作の世界では老若男女問わず高い人気を誇る陰陽師も、現実では白い目で見られることが多かった。

この講座は、五行の成り立ち、陰陽師の歴史などを教える非常にライトな講座なのだが、他に比べると参加者は少ない。綺麗に字が書けるポールペン講座、接客のプロが教える接遇マナー講座など対抗馬が強いのだ。日常に役立つ内容ばかりの講座の中

に一つだけ陰陽道が紛れ込んでいる。妙に悪目立ちして避けられる傾向になってしまうのは必然的だった。

「では、本日は四神と呼ばれる神様たちと、その昔人々に恐れられていた妖怪について教えていこうと思います！」

「六原先生、その前に水分補給してもいいですよ。全身汗だくになってるし……」

「す、すみません、走って来たので……」

全力疾走したおかげで何とか講座の開始時間には間に合ったものの、体の水分が汗となり流れ出ている六原に、生徒の一人が気遣いの言葉をかける。それに甘えることにし、鞄に入れていたスポーツ飲料を一気飲みしている間、数人の生徒たちはホワイトボードを眺めていた。

六原が先ほどホワイトボード用のマーカーを走らせていたそこには、何かの生物が数体いる。目を血走らせたヒステリックそうな怪鳥。凶悪な表情の人面猫。前脚と後ろ脚があり口から吐血している蛇。甲羅に凛々しい顔が描いてある亀。そのどれもが恐ろしい妖怪そのものだ。

「おっかないっすね、あんなもんがいるなんて」

後ろの方の席で言葉のわりには淡白な物言いをしたのは保村恭一郎だった。その隣で笠井裕が人差し指を口の前で立てる。

「私語は厳禁だぞ。現役陰陽師の六原先生による貴重なお話だ」

「現役？　……あれが？」

飲んでいる途中で噎せたのか、六原は咳き込んでいた。陰陽師とはとても思えない。コンビニでアルバイトをしている学生のような雰囲気だった。

「陰陽師っていうともっと胡散臭そうなイメージがあったんですけどね。わざわざ講座に参加するなんて、笠井さん正気っすか？」

「正気さ。知りたいことはプロに聞くのが一番だからなぁ」

「プロねぇ。それにしても、あの声……」

「ん？　もしかして知り合いか？」

「……まさか」

保村は鼻を鳴らした。そうしている間に体力を取り戻したのか、六原がようやく説明を始めた。

「まず、本題に入る前に前回の復習をします。陰陽五行説という陰陽道における概念の話です。これは陰陽説と五行説が合わさった言葉で、簡単に言えば、陰陽説は宇宙は『陽』と『陰』で成り立ち、五行説は『火』、『土』、『金』、『水』、『木』から成り立つというものです」

六原はマーカーでホワイトボードに五芒星を描くと、その角にそれぞれ文字を書いた。

「火で焼けたものが土に還り、土の中で金は生まれ、金が溶けることで水になる。水を吸い取って木は育ち、そして木が燃えて火が生じる。この五つが時計回りに循環することによって宇宙は構成されると言われてます。これらにはそれぞれ霊獣が当てはめられていて、まず火は『朱雀《すざく》』」

そう言って六原はヒステリックそうな怪鳥を指差した。

「あれ、ただの妖怪じゃなかったのか……」

笠井が小さく呟く。

「金は『白虎《びゃっこ》』、水は『玄武《げんぶ》』、木は『青龍《せいりゅう》』が司るとされていて、これら四匹は元々『四神』という東西南北を司る存在でもありました。そこに黄龍、または麒麟《きりん》が土に当てはめられるようになったので……」

「はい、ちょっと質問」

挙手して話を遮《さえぎ》ったのは、渋い表情をした保村だった。その眼差しはホワイトボードの化け物たちへ注がれている。

「あ、ちょっと分かりづらかったですか……？」

「いや、話そのものは簡単でいいんですけど、その蛇みたいなのが青龍ってことっすよね？」

「そうですけど……」

「龍って後ろ脚ついてましたっけ？　そういう龍なの？」

保村の素朴な疑問に六原は一時停止すると、まじまじと自らが描いた青龍を観察した。そして、ハッとした表情を浮かべた。

「多分いらない……？」

「それと何で白虎の顔が人間っぽいんすか？」

「虎の顔がよく分からなくて……」

「……ちょっとマーカー貸して」

「保村、お前ちょっと何しようとして……」

笠井の制止を無視して保村は立ち上がり、六原からペンとボードイレーザーを借りると白虎の顔を消して新しく描き直した。簡単ではあるが、誰が見てもネコ科だと分かる顔面に修正し、ついでに青龍の後ろ脚も消す。謎の吐血の正体は口からはみ出た舌だったので、これも消しておく。

二体がそれっぽく見えるようになり、保村は次に亀をターゲットにした。

「亀の顔は？　何か甲羅に顔がついてるけど」

「亀の顔がよく分からないからとりあえず甲羅に描きました」

「その思いきりのよさはどこから来るんだ」

そう言いつつも、甲羅の顔を消して本来顔がある場所に目と口を書く。

「あとは……」

保村は朱雀こと怪鳥を数秒ほど凝視してから「うん」と頷いた。

「まあ、これはこれで」

「ありがとうございます」

夢に出たら魘《うな》されそうな見た目をしているものの、他の三匹に比べればマシと見なされ、朱雀は無事に保村から合格点をもらうことが出来た。先ほどよりはいくらか衝撃度が下がったボードに、六原は頭を下げた。

「あ、あのっ、助かりました。僕、こういうのちょっと苦手で」

「苦手なのによく描く気になれたな、あんた」

「次、妖怪の説明に入るからこのまま描くのをお願いしていいですか？」

「別にいいけど、あまりにも図々しいのが逆にすごい……」

何故か完全にアシスタントと化した保村が六原の指示を受けて絵を描き続けている。

それを見ながら笠井は頭を抱えた。

「何だこれ……」

ちなみにその日の『誰でも分かる陰陽道☆』は、途中から飛び入り参加した作画担当がかっこよかったと、内容とは全然関係ない所で好評だったらしい。

◆◆◆

「えっ⁉　け、け、けけけけ……」

「落ち着いてください、六原先生。俺もこっちの保村もあなたが何かしてると思って来たわけじゃありませんから」

「でも、刑事さんなんですよね……？」

講座が終わった後、笠井が個人的に話がしたいと声をかけると、六原は僅かだが嬉しそうに了承した。陰陽道について興味を持っていると思ったのかもしれない。少し申し訳なく思いながら笠井が講師控え室で自分たちの職業を明かすと、六原の顔色が変わった。

そこにアシスタントから刑事に戻った保村がさりげなく探りを入れる。

「やけにビビってますけど……俺たちが来るとまずい理由でもあるんすか？」

「こういう講座だからよく難癖付けられることが多くて……霊感商法の始まりだとか、参加者に色々と信じ込ませて高い壺とか絵とかを売り付けるだとか……」

「そりゃ、こういう参加者を選ぶような講座だと仕方ないでしょ。俺も結構疑ってましたし」

「え……そうだったんですか？」

「受講するのに事前予約なしに当日申し込みＯＫってのが、良心的に見えて逆に怪しい」

「参加する人が少ないから席がガラガラだし、特に宿題みたいなのもないから……」

悲しい理由だった。愛想笑いもせずに目線だけを下に向けて黙り込んでしまった六原に、保村も返す言葉を探しているうちに沈黙が続いてしまった。そこに笠井が助け船を出航させた。

「で、でも、そのおかげで俺たちもこうして六原先生のお話を聞けて楽しかったですから！」

「……本当ですか⁉」

すぐに目線を上げた六原の瞳はキラキラと輝きを放っていた。その姿は詐欺だったり何とか商法をやったりするには向かないタイプだ。保村にそう思わせるには、六原の言動は十分過ぎた。

「変におだててないでさっさと本題に入ってくださいよ。さっきは聞けないような質問、あるんでしょ？」

少し焦《じ》れた様子で保村が促した。

「言い方に気を付けろ。俺は結構面白かったと思うぞ、お前が仕事の時でもそんなに見せない大真面目な顔をして大蜘蛛を描いているところとか」

「笠井さん、あれ土蜘蛛っす」

ちなみに土蜘蛛とは妖怪で、平安時代の武将でありながら妖怪バスターでもあった源頼光《みなもとのよりみつ》に討ち倒された。また、朝廷に従おうとせず敵対していた人々を指していたともされ、多くの文献に土蜘蛛の名が記されている。

「コホン……言い間違えてしまったな。では、早速ですが六原先生」

「は、はい」

おどおどしている六原の瞳をじっと見詰めながら、笠井はいよいよ本題に入った。

「講師としてではなく、陰陽師としてのあなたに聞きます。……呪いによる殺人は可能ですか？」

「え？」

予想していなかった質問なのか、六原が目を丸くする。保村も眉を顰めて笠井を一瞥《いちべつ》した。

二人の反応に笠井は小さく笑うと、すぐに口元からその笑みを消して言葉を続ける。

「簡単で構いません。可能か、不可能か。どちらなのか、お聞かせ願えませんか」

「質問の意味がちょっと……呪術で人が殺せるって刑事さんは思ってるんですか？」

困惑した様子で六原は窺うように笠井に問いかけた。

「半信半疑、ってところですな。生憎、うちはごく一般的な家系で霊感なんてものは誰も持っちゃいないし、幽霊もさして信じちゃいなかった。けど、刑事になってから少し考え方が変わりました。例えば、全国各地で立て続けに発生した数件の自殺。一見何の共通点もないと思いきや、自殺者は全員十年前に起こった婦女暴行事件の加害者グループのメンバーだった。他にはパワハラで有名だった某社の部長が突然、『殺される。夢に化け物が出てきて殺そうとしてる』と言ってビルの屋上から飛び降り自殺。……このように強い怨恨の対象者が不可解な死を遂げる。俺には単なる偶然には思えません」

「はぁ……」

「もし、呪いなんてものが本当にあって、それによって人が死ねば立派な殺人となる。その事実を見過ごすわけにはいかないんですよ、俺たちは」

「……笠井さん、ヒートアップしすぎっすよ」

保村は小声で諌めながら、自他共に整っていると認める顔を歪めた。笠井がどんな話をするのかと思いきや、予想以上にシュールな内容だ。車内での会話が脳裏に蘇る。

笠井は警察の関係者としては稀有な人間だ。普通であれば気味悪がって早々に手を引くような奇怪な事件にも深く首を突っ込もうとする。そして、呪術なんて非科学的なものを本気で信じている。そのおかげで捜査一課だけでなく署全体で、ある種の変わり者として有名人だった。

奇異の目で見られることを笠井本人は大して気にしていないが、後輩として行動を共にすることが多い保村にとっては複雑な気分だ。呪いというものの存在を信じるかどうかは、怪しげな『モノ』が見える保村でさえ微妙なラインだ。

笠井に全て打ち明けるか悩んだ時期もあったが、結局やめた。信じてもらったとして、それが何かの解決に繋がるとは思えない。

笠井が重要視しているのは、呪いなど目には見えない方法による殺人の捜査、立件だ。幽霊が見えるのですがどうしましょうと言われても、笠井にはどうしようもないだろう。

「……僕は出来ないと思います」

やがて、六原は口を開いたかと思うと静かな声で答えた。

「アニメやゲームの影響で魔法使いみたいな扱いをされることもあるけど、本来陰陽師はそこまで万能じゃないんです。占いをしたり、悪いことが起こらないように清めたり……そういうことくらいで。その、化け物退治したり化け物を家来にしたりするとかは大昔の陰陽師はしていたらしいです。でも、今の時代の陰陽師にはそんなすごい力なんてないし、そもそも大昔の話が本当だったのかも分からない」

「……だから呪いがあるかも分からないと？」

「呪いそのものはあります。ただ、そんなの占いと同じで気休めに過ぎないんです。それを人を殺す道具にするなんて……」

占いが気休め。それを陰陽師を名乗るその口が言うのかと保村は目を細めた。それにこの男は……。

「なるほど、貴重なお話ありがとうございました」

保村が口を開くより先に笠井が温厚な笑みを浮かべて頭を深々と下げた。それにほっとしたような表情で六原も頭を下げる。そんな二人のやり取りを保村は無言で見詰めていた。

◆◆◆

数時間ぶりに戻った車内はサウナと化していた。いや、こちらはサウナと違って車特有の何とも言えない臭いが混ざっている。車の使用者である笠井に車内用消臭剤を置く概念などない。

エンジンをかけるついでに冷房の風力を最強にすると、冷たい風が流れ始める。自然のものではなく、人工的に作られた風なので、爽快さには欠けるが四の五の言ってはいられない。

「文明の利器ってのは大したもんだなぁ」

「それのせいで地球温暖化が進んでるって話ですけどね」

「そう言いつつ、風向きを自分の方に向けんなよ。俺に当たんねぇだろうが」

自分へ風が集中的に当たるように保村が弄《いじ》った送風口を元に戻しつつ、笠井は苦笑を浮かべていた。

「何もあんなに警戒しなくてもいいのにな」

「警察の信用なんてあってないようなもんでしょうよ」

笠井の呟きを保村は冷たくあしらった。

六原は呪いによる殺人は不可能だと口では語っていた。笠井と保村はそれを聞き、会館を後にした。

ただし、二人とも納得はしていない。

「笠井さん、あんた、あの先生が言ってること全部は信じちゃいないでしょ？　なのに何で引き上げたんすか」

「その口ぶりだとお前もか。鋭い後輩を持って俺は嬉しいよ」

「……こっちは人を疑う仕事をやってんですよ。あんな如何《いか》にも何か隠してますって顔されといて、見抜けなかったら刑事辞めてます」

「……あの六原って男が嘘をつく、隠し事をする可能性があるとしたら真っ先に思い付く理由がある」

　車内の空気がちょうどよくなったところで笠井はハンドルを握った。駐車場からゆっくりと車が動き出す。

「六原が実際に呪いで人を殺したってことだ」

「……あんな気弱そうな人間にそんな大それたことができるかは、首を傾げるところですけどね。あの態度は演技しているようには見えなかったっすよ」

　人格そのものを偽ろうとする素振りはなかった。それに間抜けそうな青年ではあったが、どちらかと言えば善人寄りの人間。保村は六原にそんな印象を持った分、六原にはある程度好意的に接していたように見えた笠井から出た言葉は意外なものだった。

「さて、そいつはどうだろうなぁ？」

「笠井さん？」

「俺だって陰陽師なら誰でもいいと思って、人気のなさそうな講座に参加してまで話を聞きに行ったんじゃないさ。俺が会いたかったのは陰陽師って人種じゃなくて、六原透流個人だ」

「……実はテレビに出てる有名人だとか？」

　保村の問いに笠井は首を横に振った。

「あんな鈍くさそうな兄ちゃんがメディア活動なんて無理に決まってんだろ」

「確かに」

カメラを向けられて緊張のあまり石像状態に陥る六原が容易に想像できる。保村は鼻で笑った。

「ま、実はお前には内緒で、自称陰陽師って奴には何人か話を聞いててな」

「内緒にしてくれて結構です。こんなもんにしょっちゅう付き合わされたらたまんないっすよ。俺には可愛い女の子探しって仕事が……」

「お前の方こそ真面目に仕事しろよ！　……で、そいつらは皆口を揃えて呪いは存在するし、それによる殺人も可能だと言っていた。尤《もっと》も、実際にそういう仕事を受けたことはないそうだが」

「あ？　じゃあ、そこでもう答え出てんじゃないっすか。何だって……」

「そして、呪いに関することなら六原透流に聞けば分かるかもしれないってな」

退屈になってきたとスマホを取り出そうとした保村の手の動きが止まった。

「ただの占い師じみた陰陽師でなければ、テレビに出て悪霊退治を専門にしてる陰陽師でもない。あいつは正真正銘の『本物』の陰陽師らしい。しかも、呪いに関してならスペシャリストだとよ」

「へぇ～、そりゃおっかないっすねぇ」

「何だよ、その反応。もっと怖がってくれないと困るだろ！　展開的にここは息を呑んで『マジか……』ってなる場面だろ！」

嘆くように笠井が叫んだ。

「いや、俺はもっとおっかないもんを知ってるんで」

「おっかないもん？　また店の女の子に浮気を疑われて包丁持ち出されたんじゃ……」

「包丁じゃなくて手榴弾持ってうちに襲撃されたことならあるっすよ」

穢れのない目で言葉を返す後輩に、笠井は引いた顔をした。

「お前が住んでるの本当に日本か？」

「でも、毎回切り抜けてるっすから」

そう、人間同士ならどうとでもなる。だが、自分にしか見えないモノが牙を剥いたとしたら、その時はどう対処すればいいのか。保村がぼんやりとした表情で歩道へ視線を向けると、腹の傷から内臓がこぼれ出た猫がよろよろと歩いていた。人々はその猫に気付かずに歩き続ける。彼らの足は猫の体を何事もなく擦《す》り抜けていき、一切の違和感も与えていないようだった。

しかし、実体のない猫の体は足が通過する度に形が崩れていき、頭、尻尾、胴が少しずつ消え、最後には前脚が一本だけ残された状態になった。脚がひょこひょこと前へ前へ移動を続け、やがて保村の視界から外れてしまう。

この世のものではない存在への生理的嫌悪と恐怖。その二つに紛れて込み上げてきた仄《ほの》かな寂寥《せきりょう》感を誤魔化すように、保村は今夜行くキャバクラのことを考え始めた。

◆◆◆

本日の『誰でも分かる陰陽道☆』の参加者数は、あまりよろしくなかったらしい。もうこの講座やめたほうがいいんじゃないのか。部屋から出てきた人数でそう判断した保村は、溜め息をついた。

会館の外で見張ること数十分後。死にそうな六原が出てきた。正確には死にそうな表情をした六原である。講座の時に何かをやらかしたか、それか参加者に何かを言われたのかもしれない。三途の川に向かおうとする亡者の如き足取りで歩く六原に遅れて保村も歩き出す。

刑事にとっては貴重な休日だ。緊急の呼び出しがない限りは自由の身。なのに、こうして自分と同い年ぐらいの男を尾行している。笠井に命じられたわけでもなく、自発的に。とち狂ったとしか言いようがない。

正気か、女漁《あさ》りができなくなるぞと自問自答を何度も繰り返したものの、結局こうしてここにいる。笠井だけでなく、捜査一課の面々にこの光景を見られたら白目を剥いて泡を吹かれるかもしれない。数日前の保村自身も、未来が見えるモニターでこれを見たら泡を吹く自信があった。

明日は雨が降るかもしれない。そんなことを考えていると、六原はある店に吸い込まれるように入っていった。何の変哲もないペットショップである。

保村も後を追って入店する。可愛い動物でも見て疲れを癒すためなのか。だが、犬や猫のコーナーに彼の姿はなかった。ハムスター、兎などの小動物コーナー、熱帯魚エリアも覗くが六原の姿は見当たらない。

ようやく見付けた六原は爬虫類コーナーにいた。しかし、カメレオンや蜥蜴《とかげ》には興味がないのか目もくれず、木くずのようなものが大量に入ったパックに熱い眼差しを送っていた。あまりペットの飼育に詳しくない保村にもすぐに分かった。パックに入っているのは木くずだけではない。ミルワームである。しかも、生きた状態の。

まさか、食うつもりか……⁉　恐ろしい可能性に鳥肌を立たせていると、六原はパックを手に取ることなく、そこから立ち去るとそのまま店から出た。ミルワームだけ見て終わった六原の心理が保村には分からない。何を彼は求めていたのだろうか。

そこから六原は様々な店に立ち寄った。本屋に寄り、風景の写真集を眺めていたかと思えば、次は手芸店でずっと赤い毛糸玉を凝視している。洋服店に立ち寄り、安い靴下を一足だけ買った後はドラッグストアでのど飴を購入。

夕方にも拘《かか》わらず高い気温に辟易《へきえき》していた保村だったが、ようやくある事実に気付いた。

結局のところ、六原の行動には一貫性が何もなかった。ただ適当に店に入って、適当に商品を見たり買ったりしているだけなのだ。推理していた自分が馬鹿馬鹿しくなるくらい適当だった。

だが、適当に動いている目的は正当なものに感じられる。わざと人混みが多い場所を選んで歩いたり、広い店に入ったりしている。それは尾行を撒《ま》こうとする人間の動きだ。

笠井の話を思い出して保村は表情を苦くした。

呪いに関してはスペシャリスト。本物の陰陽師。六原の物騒な呼称が脳裏を駆け巡る。もし、尾行のせいで呪い殺されるとしたら。笑えない。殉職にもならないではないか。

大勢の人々と共に信号待ちをする六原の後ろ姿を見詰める。荒くなりそうな呼吸を整えていると、『それ』が目に入ってしまった。

髪の長い女が一人、ふらつきながら横断歩道へと向かっていく。

保村は深呼吸をすると、すぐに動き出した。

「お姉さん、一体何やって……」

迫り来る車に身を投げようとする女の腕を掴もうとする。その瞬間、女の手首がぐるんっと回転して逆に保村の手を掴み、前方へと引っ張っていく。振り解《ほど》くどころか、抵抗一つ出来ない。凄まじい力で前へ前へと向かう女に、保村の足も引き摺られそうになる。

だが、保村が車道に飛び出しかけた時、女の手首が千切れた。血は噴き出ず、断面には黒く塗り潰されたように闇が広がっていた。解放された保村が何とかバランスを保とうとする中、女が鬼のような形相で振り向いたが、彼女の視線は保村の背後に注がれていた。

そこには、女に向かってほんの僅かに手を伸ばした六原が立っていた。

「あんた――」

保村の声に反応することなく六原がそっと、ゆっくりと握り拳を作ると女の体は弾け飛び、残骸が空気へ同化していく。生暖かった風が一瞬だけ真冬のような冷気と、強烈な腐敗臭を纏った。

そして、歩行者用信号機が青になると、人々は保村を横目で見ながらも横断歩道を渡り始める。きっと、保村を赤なのにうっかり渡りそうになった不注意な通行人として捉えたのだろう。さほど表情を変えず、「大丈夫ですか？」と気遣いの言葉を差し出した六原以外の誰もが。

全身から汗を流しながら保村は返事をすぐにはせず、数秒間溜めてから口を開いた。

「……何日か前に車のフロントガラスに張り付いていた、顔が背の向きになった男」

「！　どうして、あなたがそれを……」

「その車に乗ってたの俺。……やっぱ、あの時あいつをどうにかしたのも、あの声の主もあんただったんだな」

初めて会った時からずっと引っ掛かっていたものがようやく外れたような解放感。

随分とリスクの高い『賭け』だったと、保村は青ざめた顔で笑って言った。その様子に六原も『賭け』の意味に気付いて、あっと声を上げた。

「ひょ、ひょっとしてわざと……？」

「まるで自分たちがペテン師みたいな言い方するあんたが本物かどうやって証明するか……こんな方法しか思い付かなかったんすよ」

刑事を嘗《な》めんな。そう付け加えると、六原は少し困ったような顔をしたのだった。

◆◆◆

十八時になっても空は依然として明るく、外灯の光の出番はまだまだ訪れそうにない。

人通りの少ない住宅街を歩きながら、六原は不思議そうに保村へ尋ねた。

「霊が見えること、誰にも話してないんですか？」

「話したとしても信じてもらえないでしょ。刑事がそんな非科学的なことを言うわけにはいかないんすよ。言ったとしても、助けてもらえるわけでもないし」

「何か大変ですね」

「……他人事みたいな言い方やめてもらえます？」

「え、あ、すみません……そういう風に怖がる体験なんてしたことないんで」

「はぁ？　あんただって生まれた時からさっきみたいに霊退治してたわけじゃないんだから、一回くらいはビビったことが……」

「……怯えられたことは、ありますけど」

どこか気まずそうに答える六原に、保村は頭痛を覚えた。こんな色々な意味で弱そうな男が唯一優位に立てる存在が、たいていの相手より強い自分が殺人鬼よりも恐れているモノ。この世は上手《うま》い具合に出来ているようだ。

「あんた、本物なんだろ。どうして俺たちに嘘ついたんすか？」

怒ってはいない。純粋な疑問だったので聞いてみると、六原は指と指を擦り合わせながらたどたどしく答えた。

「あ、あの笠井って刑事さんがどこまで信じてくれるか分からなかったのもあるし、それに巻き込みたくなかったから……」

「巻き込みたくなかった？」

「……あ、着きました」

保村の疑問に答えないまま、六原はとある一軒家の前で足を止めた。自宅か？と保村は一瞬思ったが、表札には『高橋《たかはし》』の字が刻まれていた。

「あんたの知り合いっすか？」

「依頼人です。えっと、刑事さんはここで……」

「……仕事の邪魔にならないんであれば同行させて欲しいんだけど」

強要はしない。今日は非番で、単純な好奇心と興味でここまでついてきたのだ。犯罪行為に手を染めない限りは、無理矢理探りを入れるつもりはなかった。

保村の意思を読み取った六原は、うーん……と小さく唸った。

「そんなに変なことじゃないから全然大丈夫なんですけど」

言葉を区切って保村を見た六原の目は案じるような色を帯びていた。

「刑事さんなら、もしかしたら見えてしまうかもしれないんです。……あまり気分がいいものじゃないから見ない方がいいかも」

「ん？　俺になら見えるかもって……悪霊退治とかすか？」

「いえ、『呪い祓い』です」

直後、玄関のドアが勢いよく開かれた。出てきたのは四十代くらいの女だった。化粧で誤魔化そうとしているが、目の下は隈で黒くなり、憔悴しきっているのが一目で見て取れた。

「外から声が聞こえたものですから……」

女がそう言うと、六原はぺこりと頭を下げた。

「初めまして、六原と申します。ご依頼くださった高橋様でよろしいでしょうか？」

「はい！　あの、本当に来てくださったんですね……よかった……」

「依頼を受けましたから」

六原が小さく頷く。女は黙って傍観していた保村へ視線を向けた。

「……こちらの方は？」

「えっ、ええと」

「六原先生の弟子みたいな者です」

咄嗟に保村は嘘をついた。六原が「この人は何を言ってるんだろう」という顔をしているが、知ったことではない。現時点で事件性が感じられない状況だし非番なので、簡単に警察手帳を出して身分を明かしたくはなかった。

女に招き入れられ家の中に入ると、やけに生暖かい。冷房が利いていないのか。リビングを通り過ぎ、案内されたのは扉が閉められた部屋だった。

「……高橋さんの娘さんが呪いをかけられたらしいんです」

六原が保村に耳打ちをした。

「呪い……」

「呪いは呪いですね」

「念押しされなくても分かりますよ……」

女が扉を数回ノックし、「入るわね」と言って開く。すると、部屋の中から漏れ出したのは奇妙な匂いだった。すん、と嗅いだ保村がすぐに思い浮かべたのは花壇。肥料を撒いた土の匂いに酷似している。

年頃の娘らしく可愛らしい雑貨などが置かれた普通の室内だ。匂いの元は分からないが。

その奥のベッドで寝ている人物が部屋主だろう。顔は分からなかった。布団に潜り込んでいるわけでも、何かの比喩なわけでもない。

肌が文字通り土の色になっているのだ。かろうじて目と口の位置は分かるものの、顔の造形までは判別出来ない状態だった。

「……先日、彼氏と別れたらしいんです」

呆然とする保村を現実に引き戻したのは、涙ぐんだ母親の声だった。

「彼氏は別れるのを嫌がったみたいで……でも束縛が酷かったそうで娘も我慢の限界

だと強引に別れたんです。そうしたら、お前を呪い殺してやるって言われたらしくて……」

「それが……これ……？」

保村が娘の肌をよく見てみると、変色しているだけでなく、表面に鱗がびっしり生えていた。

まるで蛇だ。更に鱗は『動いて』いた。青空をゆったりと流れる雲のように。いや、そんな爽やかさなどない。地面をずり……ずり……と這うように、鱗が娘の肌を蠢《うごめ》いている。そんな風に保村には見えた。

何故こんな悍《おぞ》ましい姿に。込み上げてくる胃液を無理矢理飲みくだす保村の様子に、六原は眉を下げた。

「やっぱり見えますか？」

「……ばっちり。だから母親も病院じゃなくて、あんたを……」

保村が最後まで言い切る前に母親が会話に割り込んでくる。

「さ、最初は冗談に決まってるって娘も思ってたんです。だけど、二、三日してから熱が出始めて風邪薬も解熱剤も効かなくて、でも、おかしいんです。顔も赤くて本人も熱いって言ってるのに触ると氷みたいに冷たくて、体温計で計っても平熱のままなんです！」

母親の声と表情は嘘を言っているようには見えなかった。それ以前に。

「……もしかして」

……母親には娘の肌が普通に見えている？

「はい。お母さんにはただ具合が悪いようにしか見えないと思います。でも、僕と刑事さんには呪いがちゃんと見えてますよ」

「……マジかよ」

「蛇の霊を使った呪いの一種で、蛇の鱗が娘さんの体を這いずり回ってます。熱も多分そのせいじゃないかな……」

そう言いながら六原がポケットから取り出したのは、数枚の折り紙だった。それを小さく千切って、淡々とベッドの周りの床に撒《ま》いていく。娘の苦しげな吐息と母親の不安げな息遣いが室内に籠る。何から何まで異様で保村はその場に立ち尽くしていることしか出来なかった。

「それじゃあ、今から娘さんを助けます」

六原が娘の額に手を置いた直後だった。ガタンッ、と天井から物音がした。ガタ、バタンッ、と天井を叩くような音がやまず、母親が引き攣《つ》った悲鳴を上げる。

「うーっ！」

娘が奇声を発しながら必死に両手で六原の手を引き剥がそうとしている。しかし、六原はびくともせず、無言で娘が抵抗する様を見下ろしているだけだ。

「先生、その子嫌がってんじゃ……」

「嫌がってるのは娘さんじゃなくて、呪いそのものです」

六原の手を置いた額を中心にして肌が元の色に戻っていく。代わりにベッドの上から床に太い縄状の物体が次々と垂れ落ちる。その全てが蛇だと気付き、反射的に保村は後退りした。その数が二、三匹ではない上に、蛇は娘を覆っていた鱗と同じ色をしていた。

「うぅぅぅあぁぁあぁあぁぁ」

本来の肌を取り戻したものの、娘は真顔のまま絶叫を上げ続けている。天井からの音はドスン、ガコッと何かが落下するようなものに変わっていた。十四以上は現れた蛇が細い舌を出しながらベッドの傍らにいる六原の足に纏わり始める。

「先生！　そこから離れた方が……」

「大丈夫です」

「大丈夫たって、その蛇がまさか……」

「呪いそのものみたいなものです。もうちょっとで娘さんの中から全部を追い出せるからこの子はもう大丈夫ですよ」

「だから、あんたが」

「僕はもっと心配いらないです」

六原が娘の額から手を離したのと、他よりも体の大きめな蛇がゴトッ、とベッドから床に落ちたのはほぼ同時のことだった。蛇は娘に戻りたいかのように牙を剥き出しにして六原に飛びかかるも、頭部を六原が鷲掴みにしてしまう。それを離させるためか、足に巻き付いていた蛇が一斉に六原に噛み付くのを見て保村は駆け寄ろうとするが、六原の目を見た瞬間、足が止まっていた。

「これぐらいで呪われて……死ねるなら……僕は——」

怒。悲。恐。諦。憎。それらが浮かんでいるようでどれでもない。或いは全ての感情を閉じ込めたような双眸《そうぼう》が静かに保村を見詰める。何を訴えようとしているのか。

保村が答えに辿り着くより先に、床に散らばっていた紙片が風で舞い上がるように柔らかに浮き、大きめの蛇の体に貼り付いた。

頭部を握られたままの蛇が突如、激しい動きで尻尾を揺らす。この先の、自身たちの結末を予見し、恐れたのだろう。人間の醜い感情から生まれ落ちた『呪い』でありながら。

「オン・ガルダヤ・ソワカ」

六原の発した呪文らしき言葉が空気を震わせた。激しさを増していた天井の音がぴたりとやみ、蛇たちも動かなくなる。

そして、紙片が次々と勝手に燃え始め、紅蓮の炎が蛇たちをも焼いていく。炎は獲物を取り込んで勢いを増すも、それ以外は燃やそうとしない。焼ける臭いもせず、熱すらも感じられなかった。目の前で起こっていたのは事象としてはあまりにも不確かで、保村はひどく目映《まばゆ》い幻想を見ているような錯覚を感じていた。

六原が蛇を捕まえていた方の手を開くと、焼け焦げた細い体がだらん、と床に落ちた。

娘はすぐ側で起きている出来事に気付きもせず、穏やかな眠りに就いている。顔色を見るに、健康状態は悪くなさそうだ。自分を苦しめていたモノがすぐそこで焼かれているとは知りもしないだろう。母親も何が起きているのかと不思議そうに目を丸くする。彼女には娘の体から出てきた蛇も、紙が燃える光景も見えていないようだった。

保村だけが知っている。不気味な呪いも、呪いを焼き焦がす鮮やかな炎も、六原の瞳に潜む闇も。

◆◆◆

保村と六原が依頼人の家を出た頃、日は既に沈んでいた。雲一つない夜空には星が疎《まば》らに鏤《ちりば》められ、地上では外灯の白い光が闇を照らしていた。

人気のない公園のベンチに座りながら保村は口を開く。

「にしても、一般人が出来るんすか？　呪いをかけるだなんて……」

隣に座る六原にそう問いかけた。

呪術という存在そのものは信じようと思う。何せ実際に目の当たりにしたのだから肯定する他ない。

しかし、あんな悍ましいものを娘の元彼氏とやらが？　そこは疑問だった。

「あ、多分出来ると思います」

六原は即答した。

「インターネットによくあるんです。嫌いな人に、嫌がらせしたいとか殺したい時に使える呪いみたいなのが……」

「そんなのネットの海にごまんと存在するじゃないすか。本格的っぽいのから子供騙しみたいなものまで。その中に本物があるって？」

「あります。……昔とあるネット掲示板でこんなことがありました。見るとあまりよくないとされる画像を貼り、画像を見た人たちにお祓いのためとして、こんなことをさせた人がいたんです。水を入れたコップを暗い部屋の中に置き、変な呪文をスレッドに書き込んだ後にそのコップの中の水を飲む」

六原は水を飲むジェスチャーを交えながら説明を続ける。

「水は霊を引き寄せます。暗闇で集めた霊を水ごと飲ませる、好奇心を利用した呪術でした。試した人は不調に悩まされるようになったでしょう。どれだけの被害があったかは僕には分かりませんけど、こんな風に中には本物の呪いがあります。高橋さんの娘さんの元彼氏も、たくさんある呪いから当たりを引いてしまったんだと僕は思います」

「あの娘の呪いはそのまま放置していたらどうなってました？」

「……熱が上がり続けて死んでいたかもしれません。今回はお母さんが早い段階で僕に依頼したから、かなり初期の状態でしたけど」

「殺意が本当にあったとしても、ただの嫌がらせだったとしても、死んでいたかもしれないか……なぁ、先生。呪術で人を殺したなんて、世間じゃ誰も信じねぇだろ。そんな法律も刑罰だっててない。だから」

「？」

「……笠井さんがどんなに証明しようとしても、俺が本当に見たって訴えたとしても警察は……いや、今の忘れてください。変なこと言った」

真顔で話を聞いている六原に小さな苛立ちを覚え、保村はそこで中断した。

誰かの悪意によって人間が死ぬ、殺される。なのにどうすることも出来ない。犯人を捕まえることすらも。だから、そんな歯痒さと怒りで心を磨り減らすくらいなら、真っ向から否定していた方がいい。眼前の事実を見て見ぬ振りをしていれば楽になれる。そう思うのに、怒りが消えない。

保村が六原に苛立ったのはきっと、共感されていないと感じたからだ。同情してもらって、悲しみを共有して欲しかったのだろう。

これでは自分に酔っているようではではないか。羞恥と情けなさから逃れたくて、保村は新しい話題を振った。

「先生は呪いで人を殺せますか？　感情論じゃなくて出来るかどうかってことで」

「出来ますよ。でも、やりません」

「やっぱ罪悪感があるとか？」

「いえ、人を殺す術はあっても人を生き返らせる術はないですからね。……懐かしいな、この質問されたの。あの時はお坊さんに言われたんだっけ」

どこか懐かしむような声で呟く六原に保村は訝《いぶか》し気な視線を送る。人を殺すことに善悪を絡めて考えていないようで薄気味悪さを感じた。

「……そういえば、もう一つだけ」

「はい？」

「呪い祓い……でしたっけ。こういうのって、本当はもっと高い金取るもんじゃ？」

娘の顔色が良好になったのを見て母親は涙を浮かべながら六原に感謝していたが、

同時に困惑もしていた。彼女曰く、依頼料が想像していたよりも随分と安かったようだ。何度も本当にいいのかと六原に聞いていた。最初に顔を合わせた時、安堵していたのは、この依頼料で本当に陰陽師が来てくれるか半信半疑だったかららしい。

六原はやや気まずそうに口を開いた。

「実は……普通よりちょっとだけ安くしてます」

「実際、こういうのはいくらくらいなんすか？」

「うーんと……」

考える素振りをしてから六原が告げた金額に保村は固まった。予想以上に母親が支払った依頼料との差額が大きい。そもそも、桁が違う。最初、六原が提示した報酬の額を聞いて「そんなものか」と納得していた自分が馬鹿らしくなった。

「呪術解除は退魔……ええと、妖怪とか悪霊退治よりも危険なんです。妖怪とか霊っていうのは説得次第では大人しくいなくなってくれる場合もあるんですけど、呪いは悪意が形を変えたようなものだから、危ない目に遭う確率が高い。一歩間違えたら、こっちが死ぬかもしれないリスクもある。だからその分、報酬が高くなっちゃうんです。それこそ、一般家庭では簡単に支払えないくらいには……」

「それをあんたは格安で引き受けていると」

「……依頼人さんには内緒にしてもらってます」

「そりゃあ、そうでしょ。他は命懸けで依頼をこなして高い金をもらってるのに、あんたは、やっすい報酬で同じことを自分から、進んで……」

本当にそうだっただろうか。六原が命を懸けているようには思えなかった。むしろ、余裕さえも感じ取れた。

自己犠牲の気持ちからではない。単に命懸けではないから、高い報酬をもらう必要がないのだと六原が判断しているとしたら。こちらの方が保村にはしっくりきた。保村は陰陽師に関してはあまり詳しくはないのだが、この男はとんでもない実力の持ち主のようだ。

「先生はこれからもこういう仕事をするんすか？」

「僕にも生活があるので」

やはりずれている。食っていくためだと言うのなら、報酬をもっと跳ね上げてもいいのに。

「……いつまで、こんな危ないことを？」

「……さあ」

「……何だそりゃ」

「僕が依頼に失敗して死ぬのがいつになるか分からないから……」

「……………」

返す言葉が見付からなかった。

コンビニの限定商品がいつまで店頭に並んでいるのか分からないと言うかのような軽さで語る六原の真意はどこにあるのだろう。

職業柄、保村はいつ殉職してもいいと覚悟は決めている。

だが、死への恐怖はある。当たり前だ。どんなに強がっていても、死にたがっていても、生きているのならば苦痛とその先に待つ無に対する恐れは本能的に存在する。

こんな風に、自らの生死を俯瞰する強さを人間は持つべきではない。

「もうちょっとで雨が降るかもしれません。早めに帰った方がいいかも」

六原が澄んだ夜空を見上げながら言った。

「降るわけないでしょ。こんなに晴れてんのに」

「す、すみません。ただ、星を見てそうかなって」

「ああ、陰陽師って元は占いみたいなもんもするんでしたっけ。気休めとか言ってたやつ」

保村が鼻を鳴らしながら言うと、六原は再度「すみません」と謝った。別に責めるつもりだったわけではないのだが。

すぐにフォローをしようとした保村だったが、当の本人はじっと空を仰ぎ見ていた。

「僕、本当は占いも得意なんです。特に星占いは」

随分と自信家なことで。保村が口を開きかけると、スマホの着信音が流れた。笠井からだ。タイミングが悪いなと思いながら通話マークをタップしようとして、たった今まで隣にあったはずの気配が消えていることに気付く。

辺りを見回すも、あの地味な見た目の青年の姿はなかった。たった数秒、スマホに意識を向けただけだった。

狐に抓《つま》まれるとはこういうことを言うのかもしれない。気の抜けたような心地で鳴り続ける電話に出る。

「何すか？　今からキャバに行くつもりで……はぁ？　何でそうなんですか。しかも俺って……嫌に決まってんでしょ。笠井さんの方が適任じゃないすか。……ったく、いいですよ。やりゃあいいんでしょ……」

妙なことになった気しかしない。通話を終えて保村は舌打ちをした。こんな時は気晴らしに可愛い女の子に会いに行こうとベンチから立ち上がると、冷たいものが頬に当たった。最初は数滴程度だった雫が次から次へと空から降り注ぐ。空に散らばっていた星々も雲に覆い隠されてしまっていた。

雨である。

コンビニに殺到した客の目当ては当然雨具だった。皆、傘やレインコートを持って慌ただしくレジに向かう。保村もビニール傘を一本購入して店を出た。

六原は大丈夫だろうか。

別れの挨拶もせず、煙のように消えた陰陽師の心配などしてどうすると自分に言い聞かせ、『女の子』たちの店がある方向へ歩き出そうとする。その足を止めて頭上を見上げる。薄いビニールの膜にぽつっ、ぽつっと小気味のいい音を立てて雨水が落下する。そして、そこから無音で地面に滴《したた》り落ちた。

アスファルトに染み込むわけでもない。夜の間降り続いたとしても、朝になれば焼けつくような日光と茹《う》だるような暑さによって蒸発するだろう。雨が降った前の夜のことなど、なかったことにされてしまうのだ。

「…………」

保村は店とは反対の方向へと足を動かし始めた。

◆◆◆

数日後、借日会館のロビーに保村の姿があった。その表情は涼し気な顔立ちを損ないかねないほど渋く、わざとらしく吐かれた息は重苦しい。こめかみから流れた汗が頬を伝う。

暑い。とてつもなく暑い。三十五度以上の猛暑日。天国であるはずの会館内は外より蒸し暑い地獄と化していた。保村がやって来る数時間前、冷房が原因不明の故障で使えなくなったらしい。異変の前触れすらもなかったという。

まるでこの先の未来を暗示しているかのような不穏さである。風がない分、外よりも質の悪い熱気にうんざりする。

冷房の故障は館内全体に及び、この後控えていた講座もいくつかが中止になるそうだ。保村が会いに来た人物が担当する講座もその中に含まれていた。予備の扇風機も数に限りがある。必然的に参加者の多い講座へと優先的に行き渡り、逆に人気のないところは切り捨てられる。絶対に後者だろうなという保村の予感は的中していた。

そして、ロビーに現れた六原は死にかけていた。会う度に瀕死な気がする。

「お久しぶ……大丈夫すか？　汗の量やべ……」

「ぼ、僕暑いのが苦手で……」

「じゃ、詳しい話は車の中でしますか。クーラーガンガン利いてますんで」

「はい……！」

砂漠でオアシスを見付けた旅人のような喜びの表情で何度も頷く六原に、保村はこれからのことを考えて少し不安になった。

しかし、ここまで来たら引き下がれないと車に乗り込み、生き返ったような顔をする六原に早速話を切り出す。

「まず最初に言っときますけど、今日は生徒としてじゃなくて刑事として来ました」

「えっ」

「六原透流。あんた。このままだとしょっぴかれますからね」

「え……えっ⁉」

幸せから一転。顔面蒼白の六原に畳みかけるように保村は淡々と説明を始める。

「実はですね、これはまだマスコミにも流れてない情報なんだけど、この借日会館、近々警察が潰します」

「潰します⁉」

「ここの経営会社とグルになって悪徳商法してた講座があるって話があるんすよ。誰でも字が綺麗に書けるようになる壺だの絵だのを買わせるとかいう、わけが分からない売り方でがっぽがっぽと稼いでたようで」

「……何で壺と絵？」

実際はどちらも講師の手作りだったことが既に判明している。画力はともかく、壺のクオリティは中々のもので、どうしてこの技術を悪巧みではなく正しいことに使えなかったのかと、美術に詳しい刑事が嘆いたらしい。

「何だったか……菅原《すがわら》の何とかって学問の神様の力を宿ったことにしてたみたいで」

「罰当たり過ぎてその人雷に打たれて死ぬかもしれませんよ」

「あんたが言うと説得力あるからやめてくんないっすか？」

そこはどうでもいい。話が脱線しかけたが、問題はここからだ。

「その講師が他の講座でもやってるって言い出して大修羅場っすよ。実際、探り入れてみたら、無実だったところも勿論あるけど、中には恋人が嘘をついたらすぐに分かるネックレスとかブレスレットを売り付けるような講座もあったり……」

「あ、あの……まさか、僕疑われてるんですか……？」

蚊の鳴くような声で六原が尋ねた。この話の流れなら、当然だろう。聞くまでもない。

字が上手く書けるボールペン講座、円満な人間関係を築くためのレッスン。よくあるような講座に紛れて一つだけ陰陽道講座などトンチキなものが交じっていると見せかけて、実は約半数がとんでもなかったというオチである。

数日後には警察も本格的に動き出すことになる。

「言っときますけど、先生は限りなく黒に近いグレーです。無関係だとしても警察もそう簡単には信じちゃくれないと思うっすよ。……ま、『裏技』を使えば何とかなるけど」

「裏技って何ですか⁉　あの……何でもしますから……！」

「何でも？」

「何でも！」

「じゃあ、暫《しばら》く俺に付き合ってくれません？」

もはやパニック状態の六原に、保村は冷めた表情で救いの手を差し伸べる。

「ここで俺が『先生は何もやってません、無実です』と助け船を入れればどうにかなるかもしれない。だけど、陰陽師紛いの男をわざわざ擁護するなんて、俺も変な目で見られかねない。そのリスクを背負ってやるんだから、あんたも俺に協力してくれって話っすよ」

無論、裏取りは既に行っており、六原がシロなのはほぼ確定している。独創的なイラストを多数生産しつつ、健全かつマニアックな講座の担当講師。それが借日会館での六原透流だった。

「……協力って何を？」

「呪術が関係する事件が発生した際の捜査の。先生の得意分野じゃないすか」

「じゅ、呪術が関係するって……でも、警察は……」

「何でも、ちょっとだけ気になり始めてるようなんすよ」

笠井と共に六原へ会いに行ったのが『上』の人間たちに知られ、非科学的な事象に首を突っ込むなと叱責されるかと思えば、どういうわけか興味を持たれていた。

そして、実際にその筋の人間を捜査に協力させてみてはどうかと正気とは思えないことを言われたのである。さらにその協力者の選別を保村が任された。

「でも俺はあんたじゃなくて、この手に詳しい人だったら誰でもいいんだよなぁ。むしろ、疑われてる人間を擁護して、そいつに協力させるなんて白い目で見られそうだし……」

「え、あの、その、頑張ります。頑張りますから……！」

「はい、じゃあ交渉成立ってことで」

誰でもいいのだ。きっと六原以外にも『本物』は捜せばいるはずなのだから、こんな警察にマークされるような奴を引き入れる面倒臭いやり方などしなくてもいい。

だが、それでも六原を選んだ。一から捜すのが面倒という理由なだけでもない。

「……これで二回助けられた恩は返しましたからね」

「…………恩？」

「変なもんから俺を助けてくれたでしょうが。忘れたんすか？」

「そうではないんですけど」

「じゃあ何」

「依頼以外で、あんな風に誰かを助けて……こうして見返りがあるのって初めてなんです。いつもは誰も何が起きていたかも気付いてないから」

　ぽつり、ぽつりと呟くように言う六原に保村は溜め息をつく。嬉しかったのだろう。小さくはにかむ姿は、六原をどこか幼く感じさせた。

「あんた、その言い方だといつもあんな感じで人助けしてるんすね……金にならないのによくやる」

「でも、刑事さんも仕事じゃないのに人助けしたじゃないですか」

「なーに言って……」

「この前、高橋さんから電話があったんです。六原先生が警察に頼んでくれたおかげで娘が殺されずに済んだって」

「……さあ？　何の話すか？」


　あの夜、保村はキャバクラに向かわず、高橋宅に引き返した。そこで自らの素性を明かし、娘の元恋人が何か不穏なアクションを起こしたらすぐに連絡が欲しいと告げたのである。

　本人に明確な殺意があったのかは分からないにせよ、呪いなんてものを本気で実行する程度には、娘に負の執着を向けている。物理的な方法で危害を加える可能性もゼロではないと保村は考えた。

　それから念のために三日ほど、短い時間ではあるが笠井を巻き込んで車の中から張り込みを続けていた時だ。鞄を提げた一人の男が高橋宅の玄関のチャイムを鳴らした。

先に動いたのは笠井だった。男の顔を見た瞬間から何かを感じ取っていたようで、「保村」と後輩の名を呼びながら外に飛び出し、すぐさま男に声をかけた。その直後、男は鞄から出刃包丁を取り出すと笠井へと何の躊躇もなく突き付けようとしたが、横から割り込んだ保村に素早く取り上げられ、地面に押さえ付けられた。現行犯逮捕である。

やはり男は娘の元恋人で、呪いが効かなかったので自分の手で殺しに来たのだ。

母親は恐らく六原が警察に話を通したのだと判断したのだろう。何せ、六原と共にいた刑事が動いていたのだから。


「僕は目に見えないモノから誰かを助けることは出来ても、生身の人間相手じゃどうにもならない。でも、刑事さんが……」

「だから俺じゃないっつってんでしょ」

気怠そうに否定しながら、保村は車を発進させる。ああ、どうしてこんなに立場が違うのに、どこか自分と似ているように感じるのか。まるで心臓を摑《くすぐ》られているような落ち着かない気分で舌打ちをした時だった。

ドンッ。車の屋根からぶつかったような音がしたあと、何かがころころとフロントガラスを伝ってボンネットに転がってきた。

サッカーボールほどの大きさの黒い球体のようだが、夥《おびただ》しい量の黒く細い糸で包まれており、窓にも何本か糸が張り付いている。よく見ると、糸の隙間からは肌が見え、次に唇と歯が見えた。

「…………」

「…………」

球体の正体は人間の頭部だった。黒くて細いものは糸ではなく髪だった。走行していても、ボンネットから微動だにせず、おまけに何故か冷房が突然止まってしまった。

「先生」

「今冷房止められると死ぬから急いでどかします」

六原が生首に向かって手を伸ばす。

とりあえず、こういう時にすぐに何とかしてもらえるのはとても助かる。保村はそう思った。

CASE 2

▼

穢れのない殺意

・動画タイトル『沈む友人』。再生時間二十分二十二秒。

動画は、夜の川辺で六人の若者が花火をしているシーンから始まった。大学のサークル仲間とキャンプ旅行に来ているのだとキャプションで語られている。

皆で持ち寄ったせいで凄まじい量になった花火を、一晩で全て使いきらなければならないというノルマが彼らには課せられていた。いくつか用意した蝋燭の火へ次から次へと先端を沈めては、目映い光と激しい音に反応して奇声を上げている。

次第に、三本束ねて一気に点火するような危険な遊びに発展し、咎める声も出たが本気ではない。鮮やかな光と白い煙を浴びながら、誰もがこの少々過激な一夜を満喫しているようだった。しかし、理性の箍《たか》が外れ出し、缶ビール片手に花火を楽しむ者も出る。凶暴そうな熊のプリントが入ったシャツを着た青年だ。

火遊びしながらの飲酒は流石《さすが》に御法度だったようですぐさま制止の声が入るも、青年は声の主に向かって花火を向ける動作をして笑った。周囲からも笑いが上がる。

これが悪夢とも呼べる時間の始まりだった。

『テメェふざけんじゃねぇぞ！』

火花がかかったらしい。青年を止めようとしていた友人は腕を擦った後、怒りを滲《にじ》ませた声を上げながら彼から缶ビールを取り上げると、それを川へと放り投げてしまった。薄闇の中で缶は綺麗に弧を描き、ちゃぽんっと間抜けな音を立てて水中に飛び込んだ。

『そっちこそふざけんなよ！　馬鹿じゃねぇの⁉』

『あぁ⁉』

『まだ中身残ってたんだよ！』

青年は完全に酔っ払っているようで、ふらついた足取りで川の方へ歩き出し、誰かが止める間もなく、川の中へ踏み込んでいく。

『えっ⁉　ちょっとビールなら後で買えばいいじゃん！』

引き気味の女の声が制止に入る。

『うっせぇなぁ！　俺はあのビールじゃなきゃ駄目なのー！』

効果は皆無だった。缶を回収出来たとしても中身は、全て水中へ流れてしまったと考えられる程度の理性すらも残っていないようだった。撮影者はそんな様子を無言で撮影し続けている。

川を進めば進むほど青年の体は沈んでいく。最初は足首辺りまで水に浸かるくらいだったのが、膝から腰へと深さが徐々に増す。みるみるうちに黒い川へと呑み込まれていく青年の様子に、おかしいと感じた女が『え……？』と訝し気な声を漏らした。

『何であいつ、あんなに沈んじゃってるの……？』

『おーい、××（青年の名前）！　変な悪ふざけしてないでさっさと上がって来いよ！』

その声に応えるように青年は振り向いた。

『た、助けて……』

泥酔して横柄な振る舞いをしていた人物とは思えない、掠れた弱々しい声だった。絶望しきった表情で助けを求める姿は演技にしてはあまりにもリアルで、その場が静まり返る。

『あ、足、足が止まってくんないんだって。もう戻りたいのにどんどん進んで……っ、冷てぇよ。助けてくれよ、なぁ……！　おれ、このまま、じゃ……』

青年が声を震わせて自身に起こっている異変を訴える。青年の体が更に沈んでいき、ついには胸元まで到達していた。恐怖からか、それとも寒さからか、歯を鳴らしながら縋《すが》る目を友人たちへ向ける。

勇気を振り絞った友人の一人が川へ入ろうと駆け出す。

『待ってろ！　今行って――』

その声を遮るように女たちの絶叫が夜の中で響く。彼女らは何を見たのか。助けに行った男もすぐにそれに気付き、同じように悲鳴を上げて川から離れた。皆、青年を見捨ててその場から走り去る。

『行くなっ！　行かないでくれよ、なぁ！　お願いします！　助けてください助けてくださいい助けてくださ……がはっ、げほぉ』

青年の顔が闇の中へと沈む。口の中に水が入り込み、咳き込みながらも必死に助けを乞う彼をカメラが捉え続ける。

はーっ、はーっという息遣いは撮影者のものだろう。何が起こっているのかを確かめようとしているのか、それとも恐怖で動けずにいるのか。恐らく後者だろう。

『手が、手が……』

撮影者の呟き。彼は誰よりも早く、青年を襲う異常をレンズ越しに見付けていた。

水中から伸びた人間の手が青年の頭を掴み、押し沈めようとしている。最初はあんな手はなかったのに。

『がぼっ、げぇっ、し、ぬっ、ぶはぁっ、はぁっ、い、いきできなっ、ぐぶぶっ』

口と鼻が水に呑まれ、声を発するどころか呼吸すら奪われる。限界まで見開かれた青年の両目が最後の望みに縋るように撮影者へ向けられた。

『ひっ』

それが撮影者に強いショックを与えたらしい。引き攣った悲鳴を上げると、カメラを放り投げて逃げ去った。

地面に落ちたカメラが次に映したのは、ゆらゆらと揺れる蝋燭の柔らかな灯りだった。どこからか僅かな水音が聞こえるものの、やがて小さくなっていく。

数十秒後、音は完全に消えた。不気味なまでの静寂。動画はこの後、数分続くも特に異変は起こらず、バッテリー切れとなって終了となった。

これはキャンプ地で飲酒した大学生が溺死する事件が発生してから三日後、某動画サイトに投稿されたものである。

◆◆◆

「えっ⁉　あんた、まだ講師続けてんですか⁉」

「うん、借日会館で講師やってた人たちも皆、楼巣《ろうす》会館って所で続けていけることになったんだ」

「はー……とりあえず再就職おめでとうございます。ところで今日はあんたに見て欲しいもんが……」

「西瓜《すいか》あるから刑事さんも食べる？」

「用件を先に聞けよ。食うけどさ……」

まだまだ暑い八月下旬のことである。保村は築三十年のアパート、コーポ原見《はらみ》を訪れていた。その目的はただ一つ、奇妙な出会いを経て、とある要素が絡む事件に関しては協力してくれることになった者に会うためだ。

「んじゃ、失礼しますよ」

「どうぞ。何もないけど……」

いつまでも玄関で立ち話をしているわけにもいかないので部屋に入る。中はこれといっておかしな物はない。普通に家具が置いてあって、普通に整頓されている。とにかく普通の部屋である。ただし、おかしい点があった。

和室なのだが、どういうわけか襖《ふすま》がないのだ。襖用の敷居はあるのに肝心の襖そのものが取り外されているのか、見当たらない。

「襖どうしたんすか？　老朽化して壊れたとか？」

「ううん。僕が来た時にはもう外されてたから」

冷蔵庫から半分に切られた西瓜を取り出しながら、住人の六原が答える。

「前の住人が襖に張り付けにされるみたいに日本刀で刺されて……」

「…………………」

「刑事さん？」

「先生、ここそういう部屋？」

一瞬、部屋が寒くなった気がした。保村はそう感じた。

「うん、だから家賃安くしてもらったんだ」

「家賃が安いのはいいけど、新しい襖は用意させないと駄目でしょ」

「一度は襖を入れたらしいんだけど、空室のはずなのに夜中になると襖が閉まる音が何度も聞こえるって下の部屋から苦情があったって言ってたよ。原因っぽい人は僕が引っ越してきた夜に出て行ってもらったし、襖もそこまで必要じゃないからいいかなって……」

暫くはこうして会うことが多くなるのだ。相手が刑事だからといって萎縮せずフレンドリーに接していいと言うと、早速敬語を外して喋るようになった六原は変な所で肝が据わっている。台所で西瓜を切り分けている後ろ姿を眺めつつ、保村は先ほど見付けたもう一つの謎に思考を巡らせていた。

畳が一枚だけ真新しいのだ。それも保村が座っている場所である。

「先生、この畳は？」

「前の前の住人が孤独死して、そのまま腐って畳にシミが出来たんだって。体液が染み込んで真っ黒になったからこれは使えないだろうって」

まさかとは思うが、この部屋には代々住人が妙な死を遂げるようなシステムでも搭載されているのか。皿に載せて出された西瓜を齧《かじ》りながら、保村は室内を見回した。探せばもっと気付いてはいけないモノに気付きそうである。

「住人が連続して死ぬなんて、この部屋に何かあるんすか？」

「前の前の前の住人が降霊術をやった後に首切って自殺してるみたいだから、多分それが原因かな」

「不吉なシステムはそこから始まったのか……先生も死ぬんじゃ……」

「降霊術で呼び出した変なのは、すぐに見付けて潰したから大丈夫」

「つぶ……」

西瓜をモリモリ頬張りながら六原がこの部屋の安全性を語る。しかし、降霊術で呼び出されたモノの正体の方が保村は気になった。変なの、とだけ表現して具体的には語られないのが不気味である。

それにこの部屋……住人が相次いで死亡している事故物件のはずなのだが、空気が澄んでいる気がするのだ。普通、曰く付きの物件というのは何とか痕跡を消そうとしても、澱《よど》んだ空気だったり気配というものはこびりついているものだ。

六原の部屋にはそれがない。恐らく引っ越ししたその日の内に全て『片付け』、以来何も近寄れない状態になっているのだろう。不浄を寄せ付けない聖域に近いものがある。

「じゃ、あんたに今から見せたいもんがあります」

西瓜も食べ終わったので、保村はここに来た目的を果たすことにした。鞄の中から書類の束を取り出して六原に渡す。

「……？」

「ここ半年ぐらいに全国で発生した不審死事件の資料すよ」

六原が書類を捲《めく》ると、アスファルトに叩き付けられたような死体の写真が出てきた。今から三ヶ月前、マンションの非常階段から飛び降り自殺した主婦の遺体である。家族によると自殺の兆候どころか何かに悩んでいた様子もなく、遺された家族は悲しむと共にひどく混乱していた。

だが、わざわざこうしてピックアップされているのには理由がある。遺体は損傷が酷く、車に轢き殺されたカエルを思わせる壮絶なものだった。一見、その惨い状況そのものに意識が持っていかれるのだが、よく見ると左手の薬指が千切り取られたようになくなっていることに気付く。

主婦が飛び降りた時、現場にマンションの他の住人が居合わせていた。警察にとって目撃者がいたことは幸運だったが、当の本人にとっては不幸でしかない。至近距離で人間が硬い地面に激突して『壊れる』様をまともに見てしまったのだから。

警察は目撃者である住人に遺体の指について尋ねた。万が一、千切れ飛んでどこか死角になる場所に落ちたままならば、何としてでも発見しなければならない。すると、その住人は奇妙なことを言った。

『ぼろぼろの痩せ細った犬が指を噛み千切って持ち去ってしまった』

当初は強いショックを受けたことにより、精神に混乱を来《きた》しているものと見られた。だが、薬指は見付からず、後に名乗り出た別の目撃者も遺体の側に野良犬がいたと言っている。

主婦の死から三日後、夫は浮気をしており、不倫相手から離婚して自分と再婚して欲しいと何度も懇願されていたことが分かった。家族にも一切気付かれず続けられた禁忌の関係が何故、このタイミングで発覚したか。それは、不倫相手が同じように自宅マンションの屋上から飛び降り自殺したことがきっかけだった。

警察が相手の部屋を調べてみると、恐ろしいモノが発見された。指輪を着けたまま千切り取られた薬指である。指の損傷は激しく、指輪を外そうとしていたのか、特に指輪の周辺は酷い有り様だった。遺書にはこう書かれていた。

『あいつの指から二人の愛の証を奪ってしまえば、あの人と一緒になれると思っていたのに』

指の持ち主は三日前に自殺した主婦だった。死人に口なしだ。どうやって指を奪ったか、何故主婦も浮気相手も自殺したのか。警察の手によっていとも簡単に外せた指輪をどうして浮気相手は外せなかったのか……。

多くの謎を秘めたまま、二人の女が自殺した事件は、大々的に報じられることもなく『処理』が行われた。

そんな不可解な事件が全国的に何件も起こっている。

「先生ならそこに載ってる遺体の写真から何かを感じることができるんじゃないですか？」

「えっ、何も感じないけど」

即答。

「……マジで？」

何かしらの展開があると思って、少しだけ期待していた保村は呆けた声を出した。それに対し、申し訳なさそうに六原は眉を下げた。

「カメラのレンズで写して、それを写真にしたら薄まっちゃうから難しいかも……神様とか人とは比べ物にならないクラスの怨霊とかのだったら残るものだけど」

「じゃあ、直接見るっていうのは？」

「それだったら……現場に行けば少しは残ってるよ」

先ほどから六原が言う薄まるだの、残るだのというのは『思念』、『気配』、『オーラ』といった類いのものなのだろう。それが写真からでは判別しにくいと語る陰陽師に、保村は目を細めた。

「先生、あんた見慣れてる？」

「何を？」

「死体。人間の」

書類を捲《めく》る六原の指の動きが止まった。

「見慣れてるも何も、毎日幽霊見ちゃってるから」

「……ま、それもそうすよね。幽霊なんて触れられない死体みたいなもんだし……」

「あと、死体を材料にする陰陽師って結構いて、それを取り返しに行く依頼もあるし……」

「だったら実際にも見て…………………材料？」

日常的によく使われる単語が非日常の会話の中に何食わぬ顔で登場した時の違和感がこれほどまでとは。愕然とする保村をよそに、不穏な流れになりつつある空気の中で、六原は書類から目を離さずに口を開いた。

「人間の死体は呪術の材料だけじゃなくて、強い力を持った式神……陰陽師の使い魔のようなものを召喚するための餌にもなるから。特に霊感が強かった人は死後、その遺体が火葬場でこっそり他の遺体とすり替えられて持ち去られることもあるんだよ。取り返した頃には首がなかったり、性器が切り取られてたりはよくあるかな……」

「死体損壊って立派な犯罪だし、倫理観ゼロどころかマイナス振り切ってるじゃないすか。……というより、そんな事件聞いたことないんだけど」

「警察の耳にすら届かないように揉み消すらしいから……」

「どこが？　まさか国家だとか言うんじゃ……」

「…………………」

「急に静かになるのやめてもらえます？　洒落にならないんで……」

余計なことまで聞いてしまったと保村が頭を抱えていると、スーツの内ポケットに入れていたスマホが鳴り出した。相手は笠井だ。

「もしもーし、ちゃんと真面目に仕事をしている俺に何の用すか？」

『保村、お前今何してる？』

「聞いたら後悔する怖い話ナイトショーに来てます」

『今、真っ昼間だぞ』

ちなみに参加費は無料、美味《おい》しい西瓜がサービスで出てくるが、それは言わない。

『怖い話ってことは……六原先生がそこにいるんだな。ちょうどいい』

「ちょうどいい……って呪術がどうとかって事件でも起きたんすか？」

『その通り。六原先生の初の出番ってとこだ！』

声を聞いただけでも笠井のテンションが高くなっていることがよく分かる。事件など起きないことが一番なので少し不謹慎ではあるが、呪術による事件の解明を強く求めていた笠井にとって、待ち詫びていた瞬間でもある。気持ちは分からなくもない。

「そんじゃ……先生連れて署に行きますんで。はい……はいはい、分かりましたよ。じゃ失礼しまーす」

通話を終了する。六原はと言えば、書類を読むのをやめて保村をまっすぐ見詰めていた。

「あ、あの……何で僕、警察に……？」

「……まあ、あの件すかね」

「どの件⁉　心当たりが多すぎて……」

「…………」

遺体の写真を見ていた時は顔色一つ変えなかった六原が今、本気で焦っている。それを見た保村は遠い目をした。借日会館での詐欺事件の時に、彼を助けたのは間違いだったのでは。そう思わざるを得なかった。

◆◆◆

「六原先生、久しぶりですねー！　お会いしたかったんで嬉しいです！」

「あ、お久しぶり……です……」

某警察署の応接室にやって来た笠井に、六原がぎこちなく笑みを浮かべて挨拶をする。そして、すぐに保村に視線を向けた。この人誰だっけ。そんなメッセージが眼差しには込められていた。

覚えていないなら素直に言え。保村はその思いを込めて六原へ冷たい視線を送った。

「それで先生に何をさせるつもりすか？」

「ああ、今来るからちょっと待っ……」

笠井が言い切る前に廊下から男の怒号のようなものが聞こえてきた。それを宥めるような数人の声も。


——いいから落ち着け。

——俺はおかしくなってない。何で言うことを信じてくれねぇんだ。

——信じてやってるだろ。でも、もう少し落ち着け。

——ふざけんな。もうすぐ俺も殺される。死にたくない。

男をどうにか冷静にさせようとしている数人は捜査一課、つまり保村と笠井の同僚だ。暴れている声の主は十代、もしくは二十代くらいの若い男のようだった。

「……先生？」

六原がじっとドアを見ていることに気付く。騒々しい出来事が気になっている風ではない。確実にそこにある『何か』を探るような眼に、保村は複雑な気分になる。初めての案件がまさかの当たりくじだったのかもしれない。六原にとっては当たりなのか外れなのか分からないが。

やがて、ドアが開かれると、刑事二人に両脇を挟まれる体勢で若い男が入ってきた。髪を薄茶に染めて右耳にピアスを塡《は》めた、所謂《いわゆる》今時の若者である。

「…………？」

スン、と保村は意識的に鼻で息を吸う。彼らが部屋に入った瞬間、獣臭さと土の匂いが混じったような空気になった。

「笠井さん、その男は？」

「それがな……」

「殺されそうになってんだよぉ！　なぁ、俺を助けてくれよ！　市民を守るのが警察の仕事だろ⁉　あいつらみたいに呪い殺されてもいいのかよ⁉」

「……というわけだ」

それは随分と深刻な内容だ。男を連れてきた刑事たちは困惑と呆れの表情を見せている。が、その対象には恐らく自分たちも含まれているだろう、と保村は溜め息をつく。この手のものは笠井たちに、わけが分からない案件はわけが分からない連中に押し付けよう。そういった考えなのかもしれない。

ひとまず青年を椅子に座らせて、保村は質問を始めた。

「……お兄さんの名前は？」

「……日高晶人《ひだかあきと》」

「呪い殺されるというのは？」

「高校の時に仲良くしてた奴らが皆死んじまったんだよ！　ここ二、三ヶ月で五人もだぞ⁉」

「それで次は日高さん。あなたが殺されると？」

「そーだよ！　さっきから何度言わせりゃいいんだよ！」

怒りと恐怖が綯《な》い交《ま》ぜになった声で日高が叫ぶ。なるほど、概要は掴めたが、詳細がさっぱりだ。

長期戦を覚悟しながら保村は続ける。

「何故、呪い殺されたと？　偶然の可能性だって有り得ます」

「……肝試し」

「は？」

「肝試し、やったんだよ。死んだ奴らと一緒に。ぜってーそれの祟りとか呪いなんだって！」

これはどう処理すべきか。保村は無言で笠井を見たが、苦笑いが返ってくるだけだった。肝試しで呪われて友人が立て続けに何人も死んだ。明らかに警察が関わる案件ではない。笠井と保村が調べているのはあくまで呪術を使った殺人であり、祟りは完全に専門外である。

「……先生、どーすか？」

「うーん……」

だが、今この場にはその手のことに関しての専門家がいる。一応聞いてみると、六原は日高を見ながらしきりに小さく唸っていた。

その間にも日高は恐怖を必死に訴えてくる。

「俺も最初は何かの偶然かなって思ったんだよ。でも、和樹《かずき》がこないだキャンプ場で溺れ死んで、そん時の動画であいつ変な手に掴まれて川に引きずり込まれてたんだ。俊哉《としや》も充《みつる》も康平《こうへい》もヒロもあんな感じで」

「勝手に登場人物どんどん増やさないでもらえます？　溺れ死んだ和樹って友人の動

画があるってこと？」

「そう、そうなんだよ！　一緒にキャンプ行ってた奴が撮ってたみたいで、ネットに上げてたんだよ！」

その言葉に保村だけでなく、笠井と他の刑事二人も反応する。駆け込む所を間違えた青年に振り回されるだけかと思いきや、妙な方向に話が動き出した。

キャンプ場での溺死。ネットに投稿された動画。そして、和樹という名前……。

先ほどとは一転、表情を固くしながら保村が口を開こうとした時だった。それまで唸ってばかりだった六原が日高にこう告げた。

「君たちがやったのは肝試しなんかじゃない」

「……え？」

「素人でも簡単な準備と方法で実行出来る……色々な呼ばれ方や派生はあるけど、『こっくりさん』として広く知られている降霊術のはずだ」

がたん、と音がした。日高が椅子から滑り落ちたのである。ただでさえ悪かった顔色が更に悪化し、紙のように白くなっている。

こっくりさん。保村でも知っている、あまりにも有名な降霊術である。方法は六原の言う通り、細かい部分で異なる場合が多いが、基本的には鳥居の絵、それとひらがな五十音や『はい』と『いいえ』などの文字を紙に書き、十円玉を指で押さえながら

『こっくりさん、こっくりさん、おいでください』と唱えるものだ。

「な、なん、何でわかっ……」

「しかも、君たちは実際に呼び出したのに、帰らせていない……十円玉が皆の意思と関係なく動き出したのを見て怖くなって逃げ帰ったんだね……」

「だから、何でそんなことをあんたが知ってんだよぉ!?」

「よくあるから。こういうこと」

そう言うと六原は日高の頭に手を置いた。そして、何をするわけでもなく数秒後にゆっくりと離していく。

刑事三人はぽかんと口を開いて何が起こっているのか分からないようだったが、保村には見えた。日高の頭から真っ白な煙のようなものが六原の手に引っ張られるように出ていく様が。

獣と土の匂いが途端に強まる。怯えた目で見上げる日高に、六原が夜色の眼を細めてみせると、煙はドアの隙間に吸い込まれるように出て行った。

ずっと室内に満ちていた匂いが消えた。

「これで『こっくりさん』は消えたよ」

「え、は……？　あんた、霊能力者とかそんなの？」

「似たようなものだけど……それより何でこっくりさんじゃなくて肝試しをやったっ

て言ったの？」

「ど、どっちもやってたんだよ。ただ、こっくりさんは忘れてて……」

「……それとも、こっくりさんをやってたことを知られたくなかった？」

「そんなわけねーだろ‼」

日高が声を荒らげると、六原は肩を大きく揺らし、慌てて保村の後ろに隠れてしまった。ほぼ背丈が同じなので大して意味はなかったのだが。

「先生、あんたこれぐらいでビビるならガンガン突っ込むのをやめた方がいいっすよ」

「ご、ごめん……つい気になって……」

「くそ……っ、何なんだよそいつ……もういいわ。呪いは消えたんなら帰る！」

「その前に、今度は俺たちの頼みを聞いてくれないか？」

勝手に応接室から出て行こうとした日高を引き留めたのは、彼をここまで連れてきた刑事だった。

「朝妻《あさづま》和樹の事件について知ってることがあったら、何だっていいから教えて欲しいんだが……」

「そんなもん、警察が知らねぇなら俺だって分かんねーよ！　あいつとは高校卒業してそれっきりだったし、死んだことだって知り合いから聞かされて知ったんだぞ⁉」

「じゃあ、その知り合いについて……」

その後、日高への質問は暫く続けられたが、結局望んでいた情報を得られることはなかった。当初、あんなに怯えきっていたのが嘘のように、乱暴な言動を繰り返しながら帰って行った青年に保村は眉を顰めた。

「大丈夫だと思ったら、さっさと元気になって帰りやがった……」

「刑事さん、警察署ってそんなに汚くない所なんだね」

先ほど怒鳴られたことなど忘れた様子で、六原がのんきなことを言っている。

「こっちはこっちで何も考えてなさそうだし……」

ただまあ、六原を連れてきたことは、日高にとっては間違ってはいなかったようだ。仮に呪いが原因で友人たちが次々と命を落としていたとして、あんなに呆気ない終わり方をするのは拍子抜けな気もするが、これ以上、死人が増えないのならいい。

そう思いながら署を出た保村は、ふと六原の足元を見た。薄茶の狐が歩いている。

「先生、うちのパーティーに狐なんていた？」

「すぐに離脱すると思うから大丈夫。ほら」

狐は六原の方を一瞥すると、小さく鳴いてからどこかへ走り去っていく。その際、周りの人の足をすり抜けていった。

「さっきの日高ってお兄さんに憑いていた霊があの子だったんだ」

「……ただの狐にしか見えなかったすけど」

「ただの狐だよ。だって、どこにでもいるような動物霊だし。こっくりさんで引き寄せられたはいいけど、ちゃんと最後までやらなかったせいで帰りたくても帰れなくなったみたい」

「まさか、その恨みを晴らすために呪い殺してたってことはないっすよね？」

「ううん。半分妖怪になりかけているならともかく、あの狐は憑いてる人間に嫌がらせをする力もないくらい弱かった。そんなこと出来るはずがないよ」

つまり、あれは無害ということだろう。それで狐を哀れに思って解放してやったらしい。保村は日高の顔を思い出して少し苛立った。

「要するに呪いでダチが死んだってのも勘違いってことか……人騒がせな……」

「……そうでもないと思う」

否定する陰陽師の声はひどく冷め切っていた。

「あの人はこっくりさんをやったことを知られたくないみたいだった。それが何だか引っかかる」

「まあ、確かにあいつ、そこ突っ込まれた途端キレてましたからね……あんたはどう思ってるんすか？」

「これは例えばの話になるんだけど、こっくりさんで別の『モノ』を呼び出そうとしてたんじゃないかな。そして、その正体を知られるのを恐れているとしたら……」

六原はただの憶測を語っているだけに過ぎない。なのに、まるで目の前にある真実を眺めながら淡々とその様を述べているように聞こえ、保村は思わず小さく身震いした。

「……先生、あんた二週間前に騒ぎになったキャンプ場の動画のこと知ってるんすか？」

「……？」

首を傾げた六原の反応は予想通りだった。あまりネット動画を観るタイプではなさそうだったからだ。それどころか、ＳＮＳにも疎そうである。

保村は車に乗り込むとすぐにスマホを操作して動画サイトを開き、ある動画を選択してから助手席の六原に渡した。

動画タイトル『沈む友人』。再生時間二十分二十二秒。

動画は若者たちが花火を楽しむところから始まる。注意する大人もいない中、やりたい放題で暴れ回っている。六原は保村に何かを聞くわけでもなく、黙って動画を観ていた。物分かりがよくて助かる。保村は無言で車を発進させた。

賑やかだった花火遊びは次第に不穏な空気が流れ始める。男たちの怒号が飛び交い、女の制止するような声の直後に水の音がした。それらに耳を傾けながら、保村はハンドルを回す。何度も観たおかげで音声を聞いているだけで脳裏に映像が蘇る。そう、ここで青年が投げられたビール缶を取りに川へと入るのだ。

そして……。

『た、助けて……』

　迫りくる死に怯える人間の懇願の声。進むにつれて水中へと沈んでいく自らの体に絶望し、恐怖に震える青年の悲愴な命乞いに手を差し伸べる者は誰もいなかった。皆、彼を見捨てて悲鳴を上げながら逃げ去っていく。そんな中、撮影者だけはどうにかその場に留まり続けていたが、やがて限界が来てビデオカメラを投げ捨てて走り出す。

その直前まで川へと向けられていたレンズ。それは水中から伸びる手に頭を掴まれて沈められていく青年の最期の姿をはっきりと捉えていた。

やがて、動画は揺らめく蝋燭の炎を映し続けてから数分後、終了する。

「溺れていた男は朝妻《あさつま》和樹。キャンプ場の川で水死体になって発見された翌日、その動画がネットにアップされたんすよ。ただし、投稿者は不明。警察で調べたけど、どうにも正体を掴めずじまい。いや、そもそも、不自然な点があまりにも……」

「…………」

「先生？」

夜色の瞳を爛々《らんらん》と輝かせ、六原は動画を何度も再生させている。若者のはしゃぐ声と怒号、悲鳴。水の音。大量に水を飲みながらも最期まで助けを求め続けるが、次第に聞こえなくなっていく青年の声。それらが昼下がりの車内で延々と繰り返される。

今夜の夢はろくでもない内容になりそうだ。保村は顔を歪めた。

◆◆◆

数日後。

××県の南方にある某キャンプ場は、夏になると親子連れや若者たちで賑わう人気スポットで、時季によっては蛍も見られるとあって全国的にも有名なようだ。ところが、朝妻和樹の水死体が発見され、さらに映像がネット上にアップされた影響で、あれから全く人が寄り付かなくなったらしい。

事件現場となった川の畔《ほとり》には花束が置かれていたが、日にちが経ったせいで萎《しお》れてしまい、元の美しい姿を見ることは出来なかった。こんな場所に来てまで花を供えたくないのか、或いはこの場に来ることを恐れてか、置かれているのはその花束だけだった。

「うわぁ……キャンプ場ってこうなってるんだ」

こういった場所に来たのが初めてらしい六原は、物珍しそうな顔で周辺を見回していた。その横で保村は欠伸《あくび》を漏らした。排気ガスやらが充満している都会に比べると空気は澄んでいるように感じられるが、大自然に囲まれて感動するようなことは特にない。そういう感性は持ち合わせていないと自覚はしている。

「熊の肉ってちょっと獣臭いんだっけ？」

「何の話だ！」

そもそも同行者がこれなので、美しい景色に浸る暇などどこにもなかった。

この森に熊は出ないはずだ。だからこそキャンプ場となっているのにナチュラルに名前を出されると、実はいるのではと恐ろしくなる。せめて熊撃退スプレーを買ってくるべきだったか。

「つーか、あんたも行くなら行くって言ってくれりゃ連れて来たのに……」

「ご、ごめん」

保村と六原は最初から共にここまでやって来たわけではなかった。車で山道を走っていた保村が、ふらついた足取りでキャンプ場を目指して歩く六原を見付けて同乗させたのである。電車とバスで近くまで来て六原は、後は徒歩で辿り着こうとしていたのだ。

「免許ぐらい取ったらどうすか？」

「実技で十回落ちたから諦めたんだよ。教習所の先生からも『失敗は成功の元と言うが、まるで成長していない』って言われたし」

「簡単に言っちゃって何かすいませんでした」

「それは別にいいんだけど……何で刑事さんはここに来たの？」

「一度現場を見てみたいとは思ってたんすよ」

　保村は川へ視線を向けた。一人の人間の命が奪われた場所とはとても思えない澄み切った清流。自浄作用が上手く働いているようで異臭もない。釣糸を垂らせば川魚も釣れるそうだ。

　川原に無数に転がる石を一つ拾い、川へ放り投げる。ぱちゃん、と水面を破って水中に沈んだ。深さはさほどなく、大人の監視下であれば幼い子供が入っても問題はないだろう。

　なので、あの動画のように全身が川の中に沈んでいくなど有り得なかった。事件の日は雨も降っておらず、水嵩《みずかさ》が増えたという情報もない。現に、ここから少し離れた場所でバーベキューを楽しんでいた別の若者グループからは川に異常はなかったとの証言を得ている。

　加えて川辺にはろくな灯りもなく、撮影時はどこからどこまでが川なのか判別出来ないような闇が広がっていた。それを利用しての、あまりにもタチが悪い合成動画なのでは。当初、警察の中ではそういった見解もあったらしい。

「ただ、あの動画が作り物だったとしても朝妻がどうやって死んだのか。そこが謎だったみたいすね」

酒が入っていたとはいえ、この深さで大人が溺死するなんて方法が限られてくる。水面に顔を突っ込んだ状態で誰かに押さえ付けられた、というのが有力な説である。死体が発見されると、朝妻と共にいた大学生たちに疑いの目が向けられた。

ところが皆口を揃えて、朝妻が誰かの手に頭を掴まれ、川の中にどんどん沈んでいったと怯えた声で証言した。初めは、彼らが全員グルになって犯行を隠蔽している、もしくは酒を飲みすぎて空想と現実が入り乱れた記憶が生まれたのではと言われていた。その日の夕方に朝妻の最期を映した動画がサイトに投稿されるまでは。

合成にしてはやけに生々しい映像は多くの視聴者を困惑させたが、何者かによって水中へ沈められていく青年が実際に亡くなっていると判明すると、ネット上ではパニックが起きた。

大量の無断転載によって様々なサイトに拡散され、警察に通報の電話が殺到した。始めに投稿された動画は運営によってすぐに削除されたものの、投稿者は特定されていない。

「しかも、あれを撮影したのが誰か分からないんすよ。キャンプに参加していたのは六人。動画に映っていたのも六人。さて、七人目は誰でしょう?」

「熊?」

「この話の流れでボケられるの先生くらいっすよ。……先生？」

六原は徐《おもむろ》に靴下ごと靴を脱ぎ、ズボンの裾を捲《まく》り出した。保村に何の説明もなく、川へと足をゆっくり落とす。

そして、動かなくなった。

「先生、大丈夫すか」

「ぜ、全然大丈夫じゃない……！」

六原の声は震えていた。振り返った六原の表情は絶望に染まり切っており、保村の脳裏に朝妻の姿が蘇る。

「おい、今すぐ川から出て――」

「この時季の川がこんなに冷たいだなんて……！」

「入る前に手で触って水温確認しとけよ！」

ただ冷たくて驚いていただけのようだ。

「……あんたがここまで来たの、こないだ言ってたように現場にならら少し残ってるかもしれないってこと？」

「うん。そうなんだけど」

「だけど？」

「残り過ぎてる」

先ほどまで水の冷たさに動揺して怖がっていた六原の様子が一変する。表情こそは変わらないものの、何かを探るような瞳でじっと川の水底を見詰めている。保村も同じように靴を脱ごうとすると、「脱がないで」といつもよりも強めの口調で六原が制止した。

「刑事さんは入らない方がいいと思う。もうここに『本体』は残っていないけど、残り香がまだ置き去りにされたままになってる」

「……本体って呪術とかの類《たぐい》の？」

「うん。やっぱり……あのお兄さんの友達、少なくとも朝妻って人はここで呪い殺されてる」

淡々と答えながら、六原は緩やかに流れる水の中を進んでいく。そう、動画の中の朝妻もこんな風に進み続け、次第に体が闇へと呑み込まれていったのだ。保村の背筋に悪寒が走る。

以前、六原に依頼をした女性の娘は、全身を蛇の鱗のようなものが這いずり回るような呪いを元恋人から受けていた。あれはじわじわと苦しめ、死に追いやるような陰湿さを窺わせた。だが、今回のことが呪いによるものだとしたら、あの時とは違い、強い殺意を感じる。相手が苦しんで楽しむのではなく、ただ純粋に殺すことだけを目的とするようなやり方に保村は思えた。

川の中心で佇む六原は何を感じ取っているのだろうか。いや、そんなことよりも。

「……今日、俺はこれからもう一ヵ所行く場所がある。興味があるっていうのなら先生も連れて行きます。というか、あんたも連れて行くべきだと思う。一年前に自殺した高校生の自宅なんだけど」

「……自殺？」

「相沢晴《あいざわはる》。同級生数人からいじめを受け続けた生徒で、いじめていた生徒六人の内、五人が相次いで不審死を遂げている。その中には朝妻和樹も含まれていて……現在生き残っているのはたったの一人、それがあの日高って奴っすよ。高校卒業と同時に交友関係が途切れたダチが死んだことを呪いだと言って怯える一方で、どういうわけか降霊術紛いの遊びをやったことについて奴は隠そうとしていた。探るなら高校時代だと思っていたら、どうにも面白いものが見付かったってわけ」

ゆっくり目を見開いていく六原に、保村は一連の事象について、線と線が繋がっていくのを静かに感じ取っていた。

◆◆◆

夜が近付いていた。清々しいまでの蒼《あお》が広がっていた空に、可憐で甘やかなマゼン夕色が混ざり始める。無垢な白と澄んだ蒼が次第に潰されていき、最後には黒になって全てが夜に還る。

「朝妻って人を殺したのは呪術なのは間違いないと思う。でも……何かがおかしいんだ」

様々な灯りで照らされた夜の車道を眺めている……わけでもなく、数日前のようにまた例の動画を何度も再生させながら、六原が訝しむような声を漏らした。

「おかしいって何がすか？」

刑事と言っても、何度も人が死ぬ瞬間の音声を聞いているのは応えるものがある。眉間に皺《しわ》を寄せながら、保村は少々乱暴な口調で聞いた。

「呪いっていうのは普通、濁っているものなんだ。うーんと……何て言ったらいいのかな……」

「あんたが言い出しっぺなんだから、俺に聞かないでくださいよ」

「ああ……そうだ、動機だ」

数十秒間の自問自答の中で六原は答えを見付けられたようだ。

「これは呪いに限った話じゃないと思うんだけど、人は誰かを殺したり傷付けたりする時、必ず理由があるでしょ？　あの人が邪魔だから殺したい、あの人がとにかく憎いから殺す……とにかく殺意は常に何らかの感情とセットになってる」

「……稀に殺すのが楽しいから殺す、誰でもいいから殺したかった、みたいな奴も出てくるけど、大抵はそんなところっすね」

「でも、それも快楽だったり願望だったり……何かのための殺人だ。それは呪術でも同じことであって、だからその殺意は濁っている。殺意とそこに行き着かせるための感情がぐちゃぐちゃに混ざってドロドロになってる。なのに、あそこに残っていたものはとっても綺麗だった。とっても綺麗な『殺す』って衝動だけしかなかった」

綺麗な『殺す』。歪な言葉だ。だが、保村は六原が何を言いたいのかを理解しかけていた。

「つまり、殺す動機がないっていうのに殺したってことすよね？」

「うん。でも、無差別なわけじゃなくて、共通点がちゃんとある」

「……？　ただそうなると、普通に動機があるんじゃ」

「そこなんだよなぁ……それにこの動画を撮った理由も分からないし……」

「先生、もしかしてこの撮影者の正体には気付いてるんすか？」

「……何となく。普通は動画からは感じにくいものなんだけど、これは微かに気配が残ってる……殺意や憎悪とは違う……何かを訴えてるような悲しい思い……」

何故か後部座席の方を見やる素振りをしながら六原が言うので、保村は寒気を覚えた。人が死ぬ動画なんていつまでも流しているせいで、良からぬモノを招いてしまったのではないだろうか。

「……見当ついてんなら、一回再生止めてもらっていいすか？　また変な夢見そうで」

「あ、ごめん……」

「ラジオつけますよ」

　カーステレオをラジオに切り替える。

『はーい！　続いてのお手紙。ラジオネーム卒塔婆《そとば》バウムクーヘンさんから！　浮気をしてしまったのですが、ばれて彼女に僕の写真を貼った藁人形を近所の神社の木に打ち付けられました。そうしたら、事故に遭うわ会社にスズメバチの大群が入り込んでくるわ、買った野菜が一晩で腐ってドロドロに溶けるわ、もうたいへーん！　……だそうです。いやぁ、女の子の恨みってこわ』

　元気いっぱいのDJの言葉を途中で遮るように保村はラジオを切った。車内に気まずい雰囲気が流れる。もっとも、気まずいのは保村だけである。

「……先生、浮気ってどこからが浮気って呼べると思う？」

「付き合ってる人がいるのに、他の女の子と遊んでたら浮気じゃないかなぁ……」

「じゃあ、本命を決めないで色んな子と遊ぶのはセーフっすよね？」

「浮気ではないけど、ただのどうしようもなくダメな人なんじゃ……」

「……………………」

「け、刑事さん？　ほら、もう一回ラジオ聴いて気分転換でも……」

　車内に満ちる重苦しい空気に困惑しながら六原がもう一度ラジオをつける。

『はーい！　では次のお手紙はラジオネーム井戸の中は住み心地サイコーさんから！　彼氏になる予定だった男をテレビのリモコンでぶん殴りました。なんと、そいつは他の女の子にもいい顔をしてイチャイチャしていたのです。私が睨み付けると男はこう言いました。俺がやってることに気付いて止めて欲しかったと。ふざけんなクソ野郎。私が悪いみたいな言い方しやがって殺す殺す殺す殺す殺す殺す殺す殺す殺す殺す殺す殺す殺す殺……これ以上は読み切れないのでここまで！　いやぁ、浮気逃れするためにあくまでも付き合ってない体《てい》で接する最低なおと』

　目にも止まらぬ速さで保村はラジオを切った。六原はひたすらオロオロしている。

「……別にそんなに気にしないんで、言いたいことがあるならお好きにどうぞ」

「えっ⁉　えっと………………………」

　六原は暫し悩んだ後、

「…………悔い改めろ？」

「陰陽師が異国の名言取り扱うなよ」

「あの、刑事さんがそういう人なんじゃないかとは前から思ってたから僕全然気にしてないよ。会う度に違う女の子の生き霊憑いてたし」

「い……生き霊⁉」

「それに、気付いて止めて欲しかったって思ってるってことは、少しぐらいは罪悪感も持ってたってことで」

「そんな意味ない分析なんてどうでもいいから生き霊についてもっと詳しく」

「……止めて欲しかった？　罪悪感？」

「先生？」

「そうか。そうだ……止めて欲しかったんだ……いや、でもそうなると、これってよくないいんじゃ……」

自らの危機を感じて焦る保村を無視して、六原が何かに気付いた声音《こわね》で呟く。が、すぐに保村と同じように焦燥感を滲ませた表情を浮かべた。

「刑事さん、早く自殺した生徒の家に行って」

「は、はぁ？　急にどうしたんすか……」

「術者が呪うことを放棄したのにまだ続いてるってことは、暴走が始まってるんだ。急いでどうにかしないと、死人が増えるよ」

「待て待て！　もっと丁寧に説明してくんないと分からないから。呪いをかけてる奴が誰なのかも分かったってことすか？」

困惑しながらも車のスピードを上げる。もはや生き霊どころではない。焦る六原を宥めつつ、保村は話を聞き出そうとした。

「呪いをかけたのは……相沢君って自殺した生徒で間違いないかな。朝妻だけじゃなくて他の四人を殺したのもその呪いのはずだよ」

「相沢はもう死んで……」

「自分の命を贄《にえ》に捧げて発動する呪いはたくさんある。相沢君も自殺する前、何かでその方法を見付けて実行したんじゃないかな。死ぬ恐怖を上回る怒りや増悪、殺意が膨らんで……。刑事さんが前に見たような蛇の呪いと違って、相沢君の呪いは捧げたものが大きな分、効力も強い。素人でも人を殺すには十分だ。ただし、プロと違って素人がやると問題が一つあって……」

「人が殺せる時点で大問題だろ！　着きましたよ、ここが相沢の自宅！」

相沢晴の自宅は郊外、それも外れにあった。まるで人目から逃れるように建てられた二階建ての家は、比較的新しく見えるのにどこか寂寥感を纏わせている。

車から降りてみるとすぐに異常を感じた。相沢宅から激しく言い争う声が聞こえてくるのだ。どちらも男のようだった。

「こんな時に喧嘩されると困んだけど……」

「刑事さん、伺うってちゃんと連絡した？」

「しましたよ。親は大分渋ってましたけどね。あの人としてもあまり掘り返されたくないんでしょうよ」

相沢晴は高校で日高たちのグループに執拗ないじめを受けていた。暴言や暴力は勿論、金銭の要求もあり、万引きの強要もあった。その万引きが店側に気付かれたことにより、相沢は自分の身に起こっている全てを洗いざらい打ち明けた。

だが、彼の地獄は形を変えて続くことになった。

「いじめが発覚しても日高たちは一切お咎めなし。あのグループの中に、親が地元の有力者だった者がいたせいで、上手い具合に逃げられたってわけだ。しかも、相沢の親も親で『いじめに屈したうちの息子が悪い』の一点張りで、弱い我が子に非があると主張したんすよ」

彼の居場所は学校にも家にもなかった。明確な形でのいじめはなくなったが、以来あらゆる人間を信じられなくなっていったのだろう。ある日、学校に行く振りをして行方を晦《くら》ませる。

そして相沢は、自宅から数百キロ離れた街の路地裏で自らの喉にナイフを突き立てて死んでいた。死体は両手と両足の爪が剥がされていたが、その爪が発見されることはなかった。

自殺といじめの因果関係はないとされて事件は大きく取り上げられることはなかったが、相沢の家族は息子のSOSを無視したとして責められた。一月もせずに精神的に追い詰められた母親が後を追うように同じ形で命を絶っている。

「……じゃあ、今この家には相沢君のお父さんだけが」

「……そのはずなんすけどね。さて、先客は誰……」

保村は言葉を止めた。玄関のドアが僅かだが開いたままになっている。家の中から相変わらず聞こえてくる二人の口論は、何かが起きていることを予感させた。

保村は小さく息を吐いた。

「……先生は後から入ってください。俺が先に行きますから」

「け、警察に連絡しようか？　来てもらった方がいいんじゃ……」

「俺がその警察なんすけどね。でも、どっちかが銃なり日本刀なり物騒なモン持ってたら流石に丸腰じゃどうにもならねぇか……」

平和な言い争いであって欲しい。そう祈りながら外に六原を残すと、保村はドアを開いてゆっくりと家の中に踏み込んでいった。声がより鮮明になって聞こえてくる。

——今すぐ帰ってくれ！　これ以上俺を苦しめないでくれ！

——お願いします、そんなこと言わないでください！　このままだと本当に殺されるかもしれないんです！

——勝手に死んでくれ！　息子を殺したくせによくも命乞いが出来るものだな！

——何だよその言い方！　あんただって自分のガキを信用しなかったくせに！

片方の声には聞き覚えがあった。日高晶人だ。

歩調を速めた保村がリビングに入ると、そこには家主と思われる初老の男の胸倉を掴む日高の姿があった。

「……おたく、何してんの」

思わず素になって呟くと、保村の存在に気付いた日高が飛びかかってきた。

「テメェ……あの霊能力者と一緒にいた刑事か……⁉」

「はいはい、警察に乱暴するとそれだけで罪に問われるからちょっと抑えようね」

「警察……あんた、刑事か⁉　だったら早くこいつを逮捕してくれ！　突然うちに来たかと思ったら、今すぐ一緒に息子に謝って欲しいって言い出して……」

日高も相沢の父も血が上り切っている。これはどっちの話を先に聞くべきか。悩んでいると、顔を真っ赤にした日高が保村に向かって声を荒らげて叫び出した。こちらが先のようである。

「あの霊能力者……俺を騙しやがった！　何がこっくりさんはもういなくなっただよ！　まだ憑り付いてんじゃねぇかよ！」

「……は？　呪い殺されそうになったとか？」

「そうじゃねぇけど……ま、毎晩毎晩和樹たちが夢に出てくんだよ！　ちゃんと謝って許してもらわねぇとお前も殺されるって。俺たちだけ殺されてお前だけ生きてるなんてずりぃから早く殺されちまえって……」

警告しているのか、それとも死を誘導しているのか。矛盾した内容の夢だった。

「だからって、何で相沢晴の家に来てんだよ」

「そうだ。うちの息子はもういないんだ。お前らを殺せるわけないじゃないか……！」

「だ、だけどよぉ……！」

父親の言う通りだ。それでも何故か言い淀む日高に、保村はある推測が脳裏に浮かんだ。

「……日高、お前こっくりさんで何を呼び出そうとした？」

「ひ……っ」

保村は詳しくは尋ねてはいない。なのに、隠し通していた罪が露見したように、日高は両目を見開きながら、保村と父親から後退りした。

その反応が答えのようなものだった。このクソガキ、と保村は怒気を露にして日高を睨んだ。

「すっ、すみませんでした！　すみませんでしたぁ！」

日高が床に額を擦《こす》り付けながら土下座を始める。舌打ちをする保村の横で父親が混乱している。

「な、何だ、こいつ。何で……」

「こいつ、高校の時にこっくりさんをやったみたいで、その時に呼び出した霊にダチが呪い殺されたって言うんすよ。ただ、その霊ってのが……なぁ、日高?」

「そ、そうなんです。相沢君が死んだ後にこっくりさんで召喚してみようかって言って、和樹たちと一緒になって放課後に……そんで、ふざけて相沢君を呼び出してみようぜって話になって……学校からも親からも見捨てられて自殺した気分はどうですか?　とか……地獄はどんなところですか?　って色々聞いて……」

　何もかもをぶちまけて命だけは助かろうとしているのか。その時の状況をたどたどしく語る日高の告白は保村をひどく不愉快にさせた。自分たちが自殺に追い込んだ同級生の霊を呼び出した上に、更にえげつのない質問をした。どうかしている。

「で、でもっ、途中でやめたんですよ!　十円玉が急にぐるぐる回り始めたから相沢君をほんとに呼び出したんじゃないかって……その後、俺たち、たくさん反省したしもう真面目に生きようって言って、な、なのに、何で殺しに来るんだよぉ!　ちゃんと謝ったのに」

「これ以上息子を愚弄するな!!」

父親は日高の頭を蹴り上げた。怒りが頂点に達したのか、握られた拳が不自然に震えている。

「そのぐらいで赦《ゆる》されると思うなよ⁉　俺もお前たちも息子を追い込んで殺したんだぞ！　謝っても反省しても罪なんて償えないんだよ‼　ずっと死ぬまで最低なクズ野郎として生きていくしか――」

そこで父親の言葉が止まった。そして、頭を押さえている日高を真顔で見下ろしている。

憎悪も悲哀も憤怒もない。あらゆる感情を削ぎ落としたまるで硝子《ガラス》玉のような双眸が自らの罪を懺悔する青年を虚《うつ》ろに映していた。

こんな時なのに保村はその不気味なはずの瞳が綺麗だと思えた。女ならともかく、同性でしかも自分よりも年上の人間の瞳に魅入られていた。

そう、余計な感情を排した瞳が――。保村がその違和感を察知した瞬間、バチンッと何かが弾けるような音と共に室内の照明が消えた。

「ひいぃあぁっあっ‼」

突然絶叫した日高に、保村は慌ててスマホを取り出して日高の声が聞こえた方向をライトで照らし、そして絶句した。

暗闇の中から伸びて来た無数の手が日高の足を掴んでいるのだ。そこで保村自身も足を何かに掴まれているような感覚があることに気付いてしまう。恐怖と混乱で何が起こっているのか確認することなど出来るはずがなかった。

　それだけではない。保村の耳元で誰かの笑い声が絶えず聞こえる。老人を思わせる枯れた声で無邪気に笑っている。嘲笑《あざわら》っているのだ。

「助けてっ、刑事さん助けてぇぇぇっぇ」

　叫ぶ日高へ相沢の父親の姿をした『ソレ』がゆっくり近付いていく。一歩一歩、歩くたびにぴちゃ……ぴちゃ……と音がする。水の中から出て来たばかりだというかのように。

「たす――」

　ソレが日高に手を伸ばそうとした時、保村は見た。薄闇の中で紙吹雪《ふぶき》が日高の上に舞い降りる様を。

「オン……」

　最近保村の耳に馴染み始めた声。それが聞こえた途端、安堵してしまった自分に、保村は舌打ちをした。

「インドラヤ・ソワカ……禍者《まがもの》よ、退《ひ》け」

　紙吹雪が目映い光を発したかと思うと、日高の足を捕らえていた手が一斉に離れてどこかへ逃げていく。父親が奇声を上げながら目を押さえ床に蹲《うずくま》った。

消えていたはずの照明が勝手に復活し、闇が一瞬にして取り払われる。謎の発光紙吹雪を見ていたおかげか、急に明るくなったことによる目への衝撃は少なかった。保村の足を掴んでいた手も消えている。いつの間にかリビングの入口に立っていた陰陽師を保村は軽く睨みつけた。

「……あんたは待ってろって言ったのに」

「ご、ごめん。何か嫌な感じがしたからつい……」

「そこは『助けてもらっておいて何だ、その言い草は』ってキレるところっすよ……」

申し訳なさそうに体を縮こませる六原に保村は苦笑した。

日高はといえば、紙吹雪まみれになりながらそのまま動かなくなっていた。気絶してしまっている。

「起こした方がいいかな……」

「面倒臭いからそのまま放置しといていいっすよ。それで、あれ何すかね？」

保村が指差したのは、一切の音も発さずに立ち上がった相沢の父親だ。先ほどまでは硝子玉を思わせる虚ろな瞳だったが、今はぎょろぎょろと黒目が白眼の中で蠢いている。半開きになった唇からは言葉にならない奇妙な声が絶えずこぼれていた。

息子をいじめで追い詰めた相手から更に悍ましい事実を聞いて我を失ったとしても、

少々異常が過ぎる。

「……呪いに憑り付かれてるのかな。今、あの人は体も意識も完全に乗っ取られてる状態になってる」

冷静に分析する六原に、保村は表情を歪めた。

「自分を助けてくれなかった親父に呪いを憑かせて、日高を殺させるつもりだったのか……？」

「違う。あれにはもう相沢君の意思は存在してないよ。もう誰も殺したくないっていう相沢君の手が届かないところまで強くなってしまった呪いが勝手にやってるだけ。殺して、殺すために」

「それって……暴走ってこと？」

六原は頷いた。

「さっき言いそびれたけど、強力な呪いはそれだけ制御が難しくなるんだ。不慣れな素人がそんなものに手を出したら自分の手から離れて……どうしようもなくなる。呪いから人の感情だけが抜け落ちて、殺意だけで動く凶器みたいになってしまってるんだよ」

「……例えばの話、あれが日高を殺して目的を果たしたらどうなるんすか」

「そこからは……術者に関わり合いがある人間を手当たり次第殺していく。仲が良かった人も悪かった人も全員、一人残らず……その後は……」

「とりあえず、かなりヤバいことになるのは分かりました。先生はアレをどうにか出来ないんすか？」

「この手の呪いは術者が生前遺した呪術の式というか道具みたいなのがあって、それを浄化しないといけないんだけど……まずは一旦、相沢君のお父さんから追い出した方がいいかな」

　父親の体が気絶している日高へと近付こうとすると同時に、六原は手を父親へ伸ばし素早く握り拳を作った。

「ぎゅぇ」

　潰された蛙が上げるような奇妙な声だった。ぐるん、と白目を剥いた父親が崩れるように倒れ込んで動かなくなる。微かに漂う腐敗臭に保村は口元を押さえながら尋ねた。

「何したんすか？」

「手っ取り早く握り潰しちゃった。中身が出たから変な臭いがするけど、あんまり気にしないでもらえれば……」

「ハイ、ワカリマシタ」

　何だかんだで一番恐ろしいのはこの男だ。込み上げてくる吐き気に耐えながら、保村はそう返事するしかなかった。

呪術の式とやらを捜すのは六原だけで行うことになった。その間に保村は目覚めた父親に事情を『ある程度』だけ説明し、未だ目覚めない日高を車に運び込んだ。これ以上、被害者の家族と加害者を同じ空間にいさせるわけにはいかなかった。

早く帰ってきてくれ。何度もそう願いながら運転席から玄関へ視線を向けていると、ようやく祈りが届いたのかドアが開いて六原が出てきた。その手の中には小さな銀色の箱のようなものがあった。百均でも売っていそうだ。

六原がこんこん、と運転席の窓を叩く。外に出てこい、ということだろう。

車から降りると、六原は保村の前で箱を振って見せた。微かに中で何かが動く音がする。

「これが相沢君が作ってた呪術式。今はもう解いたから無害だよ」

「……中は見せてくれないんすか？」

「あんまり見ない方がいいと思うけど……」

「見ますよ。一応、気になりますし」

じゃあ、と六原はあんまり乗り気ではない様子で箱を開けた。露になった中身を保村のスマホの光が照らす。

「うっ」

漂う腐臭に保村は鼻を押さえた。そういえば、確か相沢晴の死体からは……。

「だから言ったのに……」

六原がすぐに蓋を閉めた。

「これ……どこにあったの？」

「相沢君の部屋のベッドの下の奥」

やたらくどい説明だった。

「お父さん、相沢君の部屋も奥さんの部屋もそのままにしてるみたいだった。……というか、そのままにするしかなかったのかな。二人の私物に触ろうとすると息切れして泣きたくなるんだって」

「……そうすか」

妻と息子を失っても尚、彼は三人で共に暮らしたこの家を手離せずにいる。近所の人々から後ろ指を差され続けてもだ。恐らくこれからもずっと、自分が死ぬまで。

「……先生？」

鬱々と考え込んでいた保村が顔を上げると、六原の視線はここから少し離れた場所にある電信柱へと注がれている。外灯の光によって作り出された影が微かに蠢いているように保村には見えた。

「……彼はもうすぐここから消える。その前に君にお礼を言いたいみたい」

「お礼って……俺、何もしてないっすけど」

「動画のこと、日高のこと……色々調べてくれて最終的にここまで僕を連れてきて……最後の一人は殺されずに済んだ。だからありがとうって」

「……まさか、そこにいるのは」

「あの動画をネットに流したのは、誰かに呪いのことを気付いて欲しかったから。次々と死んでいく同級生に怖くなったんだ。殺してやりたいくらい憎いと思ってたのに、いざそれを目の当たりにすると恐ろしく感じた。だから自分ではもうどうにも出来なくなったアレを止められる誰かを求めて、ようやくその願いを果たせたって……」

影からは何の気配もしなかった。六原の言う通り、本当に消える寸前なのだ。六原は保村に『彼』の存在を教えるために車から降りさせたのだろう。

六原は保村を見ると目を伏せた。

「……僕は呪いを感知したり祓ったりする力はある。だけど、今回みたいなケースだと呪いの元をどうにかしなくちゃいけなくて、だけど僕だけじゃ誰が呪いをかけ、どこにそれの元があるのかはきっと分からなかった。だから、刑事さんが動いてくれたおかげなんだ」

「そんな大げさな……それに俺はそいつを助けることが出来なかったんすよ。本当に誰でもいいから助けて欲しいと願っていた時に手を差し伸べてやれなかったし、気付くことも出来なかった。礼を言われる資格なんて俺にはねぇよ」

そう言うと保村は車に乗り込んだ。

望まない殺人を止めた。だからといって、いじめによって追い詰められて絶たれた命はもう戻ってこない。限りない未来が待っていたであろう高校生だった。それに既に五人の命が喪《うしな》われた。どんな罪を犯していようとも命は命なのに。

少し遅れて六原も車に乗り込んできた。電信柱の方を見ると、影がやや小さくなっているように見える。……消えたようだ。

「父親には……会いに行かないつもりだったんすかね」

「会いたいけど会えないって言ってた。人殺しをした自分を親に見られたくないって……」

「人殺しをした子供になんて会いたくないって親もいますからね。まあ、気持ちは分かるけど……そうじゃない親だっているのにな」

ただ、相沢晴の父親は息子が命と引き換えに何をしたのかという真実を知ったとしても、それでも会いたいと望むだろうと保村は思った。償うことが出来ないと嘆く罪を抱えて。

「……刑事さんは優しい人だ」

「何すか急に。そんなの初めて言われた」

「だから……うん、あんまり刑事に向いてないと思う」

「それはよく言われるっすね。……でもま、辞めないっすよ」

「うん……」

保村の車が夜闇の中へ吸い込まれるように緩やかに走りだす。行き場のないやるせなさを胸底にしまい込み、保村はハンドルを力強く握り直した。

◆◆◆

「そういえば、初めての呪い事件簿の結果はどんなもんだったんだ？」

笠井にそんな問いを投げられたのはその一週間後、二人で飲みにいった時だった。

「何を今更……ってか、その呪い事件簿って？」

「いやぁ、ちょうどいい感じの呼び方がなかったもんでな。これで行こうと」

「行かないでくださいよ。引き返せって」

「それでどうだったんだよ」

「特に何もありませんでしたよ。呪いなんてありもしない。日高のダチが次々と死んだのも偶然すよ。それか、呪いとかじゃなくて天罰だったりして」

「……天罰ねぇ」

意味ありげな表情を浮かべて笠井は顎鬚を擦《こす》った。

「お前、あいつとそのダチたちがいじめで同級生一人を自殺に追い込んだ件、知ってるか？」

「さぁ？」

「日高まで死んだんだ。物理的な殺人でも呪いでもなければ、後は偶然か天罰ってところだなぁ……」

グラスに注がれた琥珀《こはく》色のビールを一気に飲み干して溜め息をつく笠井に同意も否定もせず、保村は無言で枝豆をつまんだ。

日高晶人が死んだのは三日前のことだった。道を歩いている時、落ちていたビニール袋に気付かず、踏んだ際に滑ってバランスを崩した。そのまま車道に飛び出してしまい、走ってきたダンプカーに正面から撥ねられて即死だったという。

中断されたはずの相沢晴の復讐が、本人も望まないまま完遂した瞬間である。

「六原先生にも聞いてみちゃくれねぇか？」

「ま、気が向いたら聞いておきますわ……」

保村の脳内で一週間前の出来事が蘇る。

あの後、目を覚ました日高を適当な場所で降ろしたのだが、彼は六原が現役の陰陽師だと知ると、自分のこれからの未来を占って欲しいと頼んだのだ。

——相沢の望むように償えないかもしんないけど、それでも色々頑張って考えながら生きていこうと思うんです……。

それは贖罪《しょくざい》を覚悟した人間の言葉だった。相沢晴の父親のどうしようもない激情の叫びが日高の心に深く突き刺さったのかもしれない。

六原は「うん」と頷くと、頭上に広がる黒い海のような空に瞬《また》く無数の星々を眺めてから、

——足元に注意して歩くように。

静かな声でそう告げたのだった。あの時、彼は日高の運命がどこまで見えていたのだろう。空を見上げる六原の横顔がどこか寂しそうだったことを、保村はいつまでも忘れられずにいる。

CASE 3

魔女降臨

神が怒りと悲しみを込めて流す涙のような、激しい雨が降っている夜だった。

雷が鳴るほど荒れてはいないものの、気象予報士もいつまで雨が降り続けるのか全く見当がつかないという。このまま朝を迎え、夜が訪れ、また朝を迎え……その間も雨がやまず降り続いてしまえば世界はどうなるか。雨水があらゆる生物も建築物も呑み込む大災害となるだろう。

窓に叩き付けられる雨水を眺めながら腕に刺さっている点滴の針を引き抜く。乱暴に体内から抜かれたせいで、数滴の血痕が白く清潔なシーツに赤い模様を作った。全身をナイフでずたずたに引き裂かれるような痛みはまだ続いている。頭も割れるように痛い。

だが、いつまでも病室《ここ》にいる理由はない。外傷など見当たらず、精密検査をしても何一つ異常は発見されなかった。それにも拘わらず、脂汗を浮かべながら苦痛に呻《うめ》く私に医者や看護師は困惑していたが、科学技術では見抜けないモノに体を蝕まれているだけだ。

更に言えば、これは自業自得のようなものだ。私は自らの力に絶対の自信があった。

同業者はおろか、どんな異形であろうと私の術を破ることは出来ない。そんな愚かな慢心が生んだ結果がこれだ。

どうして私はまだ生きているのだろうか。何故病室を抜け出し、死にかけの体を引きずって雨の中を彷徨《さまよ》っているのだろうか。

私の脳に深く刻み込まれて消えることのない姿。それを再びこの瞳に映せば答えが出るのかもしれない。今度こそ殺されるかもしれないという畏《おそ》れはなかった。代わりに胸を満たし続けるのは焦がれだ。

会いたい。会いたい会いたい会いたい会いたい会いたい会いたい会いたい会いたい会いたい会いたい。

……そんな祈りが天に届いたのか、はたまた単なる偶然か。無人であるはずの深夜の公園に人影を見付けた。

街全体を覆い、雨をもたらしていたはずの雨雲はこの近辺のみ避けていた。頭上を見上げれば、星々が鏤められた夜空があった。天が生み出す雨の音も、人々の手で作られた雑音も聞こえない。美しい静寂が広がっていた。

滑り台の頂上に立ち、星空を見上げ続ける『彼』は今にも闇夜に溶け込みそうなくらい細《ささ》やかな存在なのに、それでも私の瞳を捉えて逃そうとしない輝きを放っている。

星《エトワール》。

そう、彼は星なのだ。どんなに暗い夜の中でもその光が決して途絶えることのない、誰の手にも届くことのないそれ。

美しく、愛おしい。私は私を殺そうとした彼に惹かれているのを感じていた。

ふと、彼がこちらを見下ろす。寂しげな色を帯びた夜色の瞳。

全身を支配する激痛など忘れてしまうほどに、私の心が彼の虜になった瞬間だった。

◆◆◆

「保村、お前って胸毛生えてる男を女としてどう思う？」

「俺に女目線で男と胸毛を語れとか何の拷問すか？」

この日、捜査一課で最もくだらない会話をしながら、保村と笠井は資料の整理を行っていた。その発端は昨日行われた取り調べである。

交際中の男にラブホテルで暴行を加えた容疑で三十代の女が連行されてきたのだが、その動機は「胸毛が生えていたから」だった。保村を始めとする取り調べに参加していた刑事全員が怪訝そうな表情を浮かべた。たった一人、神妙な面持ちの笠井を除いては。

女は語る。自分は体毛が濃い男が苦手で、それが原因で今まで恋人が出来ず、人生に苦労していたと。どうしてかは分からないが、毛がどうしても駄目なのだ。だから、付き合ってくれるなら上から下の毛まで全て剃って欲しい。そんな我儘《わがまま》を受け入れてくれる男はいなかったという。

このくだりで、保村は「下って……下の毛全部？」と恐る恐る尋ねた。すると、女がゆっくりと頷いたので、刑事一同はざわついた。これは坊主にするよりもハードルが高いかもしれない。ちなみに笠井はまだ一言も発していない。

下もかぁ……、と狼狽《うろた》える男たちに囲まれながら女は尚も語る。人生に、体毛に絶望していた時、一人の男に出会えたと。彼は女の苦しみを理解し、愛し、全身の毛を剃ると決意してくれた。

だが、二人で初めて入ったラブホテルで、女は男に裏切られることとなる。衣服を脱ぎ捨てた恋人の姿に、女は外国のホラー映画に出てくる女優の如き絶叫を上げた。

男は確かに全身の毛を剃り落としていた。――胸毛だけは綺麗に残して。

どういうことだと詰め寄る女に男は号泣し、これだけは失いたくないと訴えた。自分の体で最も愛する胸毛ゾーンを、いつまで続くかも分からない愛のために荒れ地には出来ないと、自らの胸毛を撫でながら主張する男への愛など、女の中には既に残されていなかった。

胸毛を優先された上に、自分たちの関係が永遠ではないと告げられた怒り、怒り、怒り、怒り。かつて自らの人生と体毛そのものに向けられていた怒りが一人の男に真っ直ぐに向かった。

女は男に殴る蹴るの暴行を加えて身動きが取れなくなったところに馬乗りになり、胸毛を全て自身の手で毟《むし》り取った。ホテルが安普請だったこともあり、すさまじい女の怒声と男の悲鳴は、隣室に入ろうとしていたカップルの耳に届いた。過激なプレイをしているにしては様子がおかしい。

連絡を受けて駆け付けた従業員が見たもの。それは胸から血を、瞳《め》からは涙を流したままベッドで仰向けになっている男と、純白のシーツの上に撒き散らされた無数の胸毛だった。

これが『ラブホ胸毛毟り事件』の全貌である。心を虚無にして淡々と書類に書かれた犯行内容を述べていく保村に、ある刑事は開いた口が塞がらず、ある刑事は顔面蒼白になりながら乙女のように自分の胸を腕で隠した。

「確かにあなたの気持ちは分かります。男に遊ばれた、裏切られたという怒りや悲しみは……あー……」

「いいんです。私だって自分がとんでもないことを仕出かしたって分かってますし」

「あ、そうですか……」

コメントに非常に困っている保村に、女は苦笑した。

「けど、後悔はしていません。私より胸毛を優先した彼から一番大切な物を奪えたんですから」

「一番大切な……？」

「だって、この私じゃなくて、たかが胸に生えた程度の毛を択《と》ったんですよ。だったら、ああするのが一番じゃないですか」

今まで、満足な恋愛経験をしてこなかった反動なのか、やたらと自信満々に言い切る女に保村は今度こそ本当に何と言えば分からなかった。

どうして、こんな馬鹿馬鹿しい事件がうちの署の管轄内で起こってしまったのか。溜め息を一つ漏らした時だった。

「お嬢さん、あんたは胸毛のことを何も分かっちゃいない……！」

胸の内に抱え込んでいたものがついに爆発した笠井が突然叫んだ。何言ってんだ、こいつ。保村だけではなく、他の刑事全員が信じられないものを見る目で笠井を見る。

「胸毛はなぁ……胸毛は男の誇りなんだよ！　女の髪と同じくらい大きな存在なんだ！」

「な、何ですか急に……胸毛が何よ！　あんなのただの毛じゃない！」

「いーや、ただの毛じゃねぇ！　脛毛《すね》脇毛と一緒にされちゃ困る！」

「保村、笠井が乱心したから止めろ」

「嫌っすよ、巻き込まれたくねぇし」

　それどころか一刻も早くここから立ち去りたい気分である。そんな後輩を余所《よそ》に笠井が胸毛について熱弁している。

「俺は高校の時から胸毛が生え始めるようになった。まるでジャングルのように……鏡に映る自分を見て俺は思った。野生溢れる姿、これこそが男の中の男だと！」

「保村！　笠井を黙らせろ！」

「どうやって黙らせればいいんすか！」

「はぁぁぁぁ⁉　野生溢れる姿で男の中の男ですって？　体毛に頼って男度を上げようとしてんじゃないわよ！　だから毛がある男は嫌なの‼」

　修羅場だ。取り調べが一転、胸毛を巡る男女の壮絶な口論になった。現役胸毛リスペクターと胸毛毟り女の土俵と化した室内から、保村がこっそり出て行こうとする。

　しかし、女の一言が保村の動きを止めた。

「そもそも、全身の毛の中で胸毛を一番に見てるのが気に入らないのよ！　あんなもん、トムヤンクンの上に乗ってるパクチーみたいなもんじゃない‼」

「うっせぇ‼　どさくさに紛れてパクチー馬鹿にしてんじゃねぇぞ‼」

「ほ、保村⁉」

「保村も壊れたぞ‼」

保村はパクチー愛好家だった。

とまあ、これが昨日捜査一課で起こった珍騒動である。この件は瞬く間に署全体に話が広まったらしい。あまりのくだらなさに対する苛立ちと好物を馬鹿にされた怒りで、つい頭に血が上ってしまったと保村は後悔した。

しかし、一度こぼしてしまった水は二度と盆に返ることはない。

「笠井さんのせいっすよ。あんたが胸毛刑事《デカ》、俺がパクチー刑事《デカ》って呼ばれるようになったのは」

「パクチーに関しては完全にお前の自業自得だろ」

「あそこで好物馬鹿にされたら流石にキレるでしょ」

「え、お前は胸毛に関してどう思う？」

「二十四時間経った後に話蒸し返すのやめてくれないっすかね……」

しかも、どうして異性の観点からの意見を求めてくるのか、この男は。謎の要求に困惑するより先に引いていると、笠井がその理由を明かした。

「お前、色んな子と遊んでいるだろ。だから女の気持ちになって考えるのが上手そうだなって……」

「普通に無理っすよ。その理論で行くと焼肉大好きな笠井さんも動物たちの気持ちになるのが上手いことになりますけど」

「……無理だな」

早く話を終わらせたいがために半ばこじつけのような理論を展開してみたが、とりあえず笠井が納得してくれたのなら何よりである。

冷めた目で保村が天を仰いでいると、笠井が「そういや」と思い出したように声を出した。今度は何だ。

「あの人は彼女とか……そういうのはいるのか？」

「あの人？」

「六原先生だよ。お前とそう歳が変わらないんだろ。だったら、いい人の一人や二人……」

「この前、俺も聞いてみたけど、いないって言ってましたよ」

何となくそんな気がしていたのだが、特に相手も今は欲しくないそうだ。あの性格……以前に、職業が陰陽師となると、物好きしか寄ってはこない予感がした。

「やっぱりなぁ……陰陽師ってのはハードルが高いと思うぞ」

「テレビに出演してガッポガッポ稼ぐようなタレント業に片足突っ込んでる感じなら、

まだワンチャンありそうなんすけどね。あの人、普通に細々と稼いでるから……」

「陰陽師ってのはやっぱり有名にならないとそこまで儲からないのかもしれないな。副業で講師なんてやってるくらいだし」

「そうすね……」

六原の場合、あまり金銭に頓着するタイプではないのだろう。それが彼の『仕事』の一部を見聞きしてきた保村が抱く印象だった。呪い祓いとやらを相場の金額で受けるようにすれば、あんな古びたアパートから引っ越し出来る程度には儲かるだろうに。

ぼんやりと思考の海に浸っていると、笠井が何が面白いのか笑い声を漏らした。

「六原先生のこと、結構気にしてるじゃねぇか」

「そりゃ、協力者みたいなもんだし」

「理由はどうあれ、仕事以外だと女のことばっかりのお前にいい友人が出来て、先輩としてはほっとしてるよ」

「だから、そういうのじゃなくて」

そんなに親しいわけじゃないと保村が語調を強めて訂正を求めようとした時だった。

廊下から他の課の刑事が保村と笠井を呼んだ。

「あんたたち向けの仕事が来たぞー」

「パクチーはともかく、胸毛関連だったら殴りますよ」

「違うって。あんたたちだろ。呪いによる事件について色々と調べたりしてるのって」

「うーわ……」

それはそれで面倒そうである。

◆◆◆

「お願いします！　私を逮捕してください！　わた、私っ、友達を呪いで殺してしまったんです!!」

ロビーに響き渡る声。二十代の女が青ざめた表情で、その場に居合わせた刑事たちに向かって両手首を差し出している。手錠をかけてくれ、とでも言うのか。

面倒な案件確定である。保村は回れ右をして一課に戻ろうとするが、笠井に肩を掴まれて妨害されてしまった。

「逃げちゃ駄目っすか」

「逃げちゃ駄目だろ。あそこに人を殺したって自首してきた犯人がいるんだからな」

笠井はそう言うと、女の下へ向かった。保村も渋々後をついていく。

「今、友達を呪い殺したと聞こえたんだが、どういうことかな？」

「あっ、一課の呪いの胸毛刑事だ」

「呪われたパクチー刑事もいるぞ……」

　知らず知らずのうちにあだ名の酷さが増している。保村は同僚たちを睨んだ。

　だが、女は珍妙な呼び名を気に留めている余裕などないのだろう。声をかけてきた笠井に詰め寄った。

「私は殺人犯なんです！　お願いですから逮捕して、罪を償わせてください!!」

「えーと……まず一から順に話せるかな？」

「は、はいっ……私、この間友達と大喧嘩しちゃって、絶交した後もずっと彼女のこと、怒ってたんです。あんな子と仲良くなるんじゃなかった、酷い目に遭わせたいって……」

　本人の前では決して言えないが、ありがちな話だ。まさか、そう思い続けていたら相手が本当に酷い目に遭って死んだと言い出すのでは。保村が冷めた視線を女に向けていると、彼女は肩に提げていた鞄から淡いピンク色の巾着袋を取り出した。

「それは……？」

　笠井が不思議そうに巾着袋を観察しながら尋ねた。

「呪いのお守りです」

　女ははっきりとした口調で答えた。

「これ、ネット通販で買ったんです。『嫌いな人にあなたが望む罰を与えます』って書いてあって、特別高いわけでもなかったので……でも、私死んで欲しいなんて思ってなかったんです！　せいぜい、本当にちょっと嫌なことが起きてくれたらって思ったぐらいで！」

女の言葉に嘘はないように保村には感じられた。友人へ向ける感情は決していいものばかりではない。時に仲違いから悪感情が生まれることもある。ほんの些細なきっかけからだったのかもしれないが、彼女も一時の感情に流されるままに、ネットの宣伝文句に惹かれて購入したのだろう。

だが、その行為が招いたのは、彼女にとっては信じがたい結末だったらしい。

「そしたら、あの子……ベランダから落ちて死んじゃったって他の友達から連絡があったんです……」

「……偶然とは考えなかったのか？」

笠井が尋ねた。

「だって翌日ですよ⁉　これがうちに届いた翌日に転落事故だなんて偶然で片付けられるわけないでしょう⁉」

女は金切り声で叫ぶように言うと、巾着袋を床に投げつけて座り込んでしまった。

「わ、たしがあの子を、友達ころし……あぁぁぁあぁぁ――――っ‼」

そして、両手で髪を掻き毟りながら絶叫する。その異様な光景にロビーがシン……

と静まり返った。

「私が、私っ、人殺しになって、あぁ、どうしよ、私のせいであの子死んでっ！」

「おい、この子を医務室に運ぶぞ！　錯乱状態にあるからまずは落ち着かせて——」

日高の時とは比べ物にならない騒ぎっぷりである。呪われる側か呪う側か。後者の人間がここまで恐慌を来すとは思わなかったと、保村は自分の想像力の浅さを自覚した。

殺すつもりはなかったのに殺してしまった。そんな犯人の嘆きをよく聞くが、今の彼女はまさにその状況だ。友人を呪い殺したなんて誰も本気では信じない。彼女を裁くことなど誰にも出来ない。

それでも、意味がない行動だと分かっていたとしても、彼女は自首するしかなかったのだ。罪の意識から逃れたい一心で。

女の絶叫を耳にしながら保村が床に投げ捨てられた巾着を拾おうとした時だった。目の前で誰かに拾われてしまった。

「ああ、なるほど……こういう形にされてしまったというわけか」

どこか愉しそうに呟くその人物を一言で表すとすれば、『奇妙』が相応《ふさわ》しい。

瑠璃《るり》色に染めたおかっぱ頭に被せられたシルクハット。痩身が纏っているのは黒地に色鮮やかな打ち上げ花火の柄が入った着物。おまけにサングラスで目を隠している。

歳は二十代後半だろうか。アンバランスな格好をしているにも拘わらず見惚れてしまうのは、サングラスをかけていても分かる美貌のためか。白磁のような肌と形の良い紅色の唇。突如、目の前に現れた美女を、保村は状況を忘れて凝視していた。

が、美女が次に発した言葉によって我に返った。

「安心したまえよ。確かに君の友人の死を招いたのはこのお守りだがね、君のせいではない」

「どういう……ことですか？」

女が縋るような声で問うと、美女は掌《てのひら》の巾着袋を指で優しく撫でながら答えた。

「そのままの意味さ。これは君の心に反応して君の友人へ呪いをもたらした。しかし、持ち主の意思とは関係なく、対象を確実に死に至らしめるように効力を強めている。つまり、これは何者かが君の小さな悪意を利用した殺人……となるわけだよ」

……数分前とは別の意味でロビーが静寂で包まれる。皆が、奇抜な出で立ちの美女へ視線を注いでいる中、本人は気分を害することなく、歌うように語る。

「友人を喪ったお姫様。憎むべきは君自身ではなく、これの製作者だよ」

「し、知ってるんですか？　誰なのか……」

「残念ながら、私も捜している最中でね。そのためにわざわざ警察にまで来たのだけれども……困ったなぁ、まるで相手にしてくれなかった。私は被害者だと言うのに」

「……失礼ですが、あなたは？」

美女に聞いたのは保村だった。中々お目にかかれない美貌に惹かれたのは最初だけで、次第に謎の焦燥感が湧き上がっていく。

僅かに表情を強張らせる保村に、美女は艶《あで》やかに微笑んだ。

「そうだね、私には色んな名前があるけれど……今回は『道具屋』とでも名乗っておこう。こう見えても陰陽師だ」

「陰陽師……？」

「おや、信じてくれないのかな？　一応、この業界ではそれなりに有名だと自覚しているのだけれど」

「そういうんじゃなくて……」

保村がよく知る陰陽師とは雰囲気があまりにも違いすぎる。その落差に戸惑っていると、横で話を聞いていた笠井が「おお」と声を上げた。

「ということは六原先生のお仲間か」

「……六原？」

笠井の口から出た名前に道具屋が反応した。

「知ってるんすか、あの人のこと」

「当然じゃないか。だって私は彼の恋人だ」

今までで一番の爆弾発言だった。笠井が驚愕の眼差しを保村に向けるも、こちらも予想もしていなかった返しに驚いている最中だ。

あの六原に恋人……。

「嘘つけ」

「嘘じゃないさ。本人に確認してみれば分かるし、ついでに六原君をここに連れてきたまえ。彼がいれば君も私の話を信用してくれそうだ」

「……本当に先生の恋人？」

「本当に本当さ。こんな大事なことを嘘つくはずがないじゃないか」

「そうっすよね」

同意しつつ保村はスマホを取り出した。電話の相手は勿論、話題の中心人物である。

数コール後、穏やかな声が聞こえてきた。

『もしもし？　刑事さんどうしたの？』

「今、うちの署に先生の恋人を名乗る不審者が来てるんすよ。心当たりない？」

「こらー！　君、私ではなく六原君を信用するって言うのかい？」

「いや、普通に考えたら断然先生を信用するんで」

憤る道具屋に保村はきっぱりと言い放った。女好きだが、美人だからといって流されるわけではない。こんなにきな臭いとなると尚更だ。

『……その声、もしかして不思議な格好した女の人？』

どうやら六原側も道具屋に面識はあるようだった。六原なりに最大限オブラートに包んだ言い方をしている。

「で、恋人なんすか？」

『違うよ』

気のせいか、若干六原は早口で否定した。

『……僕を呼べってその人に言われた？』

「そうなんすよ。まだ理由は聞いちゃいないけど、先生絡みの案件っぽかったんで」

『うん、じゃあ今から行くね』

「急に電話しておいて何ですけど、すぐに行くって決めましたね……」

『その人が僕を頼るってことは結構大変なことになってるっぽいから』

電話をかけたのは正解だったようだ。通話を終えると、道具屋が茫然自失の状態にある女の前に立っていた。自分のせいで友人は死んだわけではない。第三者からそう告げられても、どうしていいか分からないのだろう。ぼさぼさの頭のままで固まる女の額に道具屋の人差し指が触れた。

「君は少し眠るといい。睡眠は一番の薬となるからね」

がくん、と女の体が崩れ、笠井が慌てて支える。口紅の塗られていない唇からは穏やかな寝息が漏れていた。

一瞬の内だった。何をしたのかと疑いの目を向ける刑事たちに、道具屋の唇が弧を描く。

「詫びを兼ねたサービスさ、サービス。彼女の友人の死には、私も少なからず関わっているんだ」

道具屋は巾着袋をそっと握り締めながら囁《ささや》くように告げた。

◆◆◆

応接室に六原が来たのは、それから三十分後だった。道具屋と二人きりで何も言葉を交わすことなく待っていた保村から安堵の溜め息が漏れる。最初は道具屋から話を色々と聞き出そうとしたのだが、「六原君が来たら話そう」の一点張りだったのだ。

この場に笠井がいてくれれば、二対一でもう少しやりやすかったものを、笠井は笠井で、先日起きた事件の聞き込みに行っている。

道具屋はどうやら盗難の被害届を出す予定だったらしい。保村が知りたいのは道具屋が盗まれた品についてだった。

「すみませんね、先生」

「ううん、大丈夫。パ…………………」

「…………………」

「…………刑事さん」

「誰から聞いたんすか、そのあだ名」

「笠井刑事……」

「ふぅん」

当分笠井と飲みに行くことはあるまい。

「ああ、六原君久しぶりだ」

どこか気まずい空気を全く気にせず道具屋は六原に小さく手を振った。

「お久しぶりです」

六原も頭を下げる。仲は悪くないらしい。

「この人も陰陽師ってほんとすか？」

「うん。僕みたいに直接依頼人さんの所に行ってあれこれするんじゃなくて、運気が上がるアイテムとか……それとは逆に誰かを呪うためのアイテムを作って売るタイプの陰陽師なんだけどね」

随分と高低差のあるラインナップである。要するに持っているだけで効果があると『される』商品なのだろう。保村はかつて六原が講座を開いていた借日会館での詐欺商法を思い出していた。

「こういう人たちってほとんどは何も効果がない詐欺師みたいなのが多いんだけど、この人だけは本物だよ。瑠璃の魔女、空想の作り手、道具屋……色んな呼ばれ方をしてる」

「そんな私も君の前ではただの女だよ」

「って言ってるけど、先生」

「あんまり気にしないでもらえれば……」

道具屋の一方通行感が極まっている。照れる様子もなく真顔で首を横に振る六原の中に、彼女への想いは一ミクロンも存在していないようだ。

「陰陽師ってそういうアニメとかゲームみたいな異名があるんすね。少し意外……」

「本当に有名な人だけね」

「おっと他人事のように言うのはやめたまえよ。六原君だって、とびっきり素敵な二つ名があるじゃないか」

「先生にも？　何て？」

「『天文博士』さ」

何だろうか、小学生のあだ名のようなネーミングだ。地獄の六原や、闇の男など、物騒な名前を想像していた分、拍子抜けだ。一気にテンションの下がる保村に、道具屋は小さく笑った。

「平安時代の頃には実際にあった役職だよ。六原君は気持ち悪いぐらいに星占いが得意でね。占いというよりはもはや予知の領域であるということで、この名がついた。これは陰陽師にとってはかなりの名誉だよ？　何せ、あの――」

「……それで今日はどうして警察なんかに？」

自分の話題を遮るように六原は道具屋に尋ねた。

「そこの男前は既に知っていると思うけどね、先日私の家にコソ泥が押し入った。その際に大事なものを盗まれた上に悪用されて困り果てているというわけさ」

「大事なもの？　通帳？」

「金なんて命さえあればいくらでも稼げる。盗まれたのは呪術を封じ込めた『タネ』だ。それを混ぜ込んで売り物を作成する予定だったのに、ある日家に帰ると中が荒らされていてね。あれやこれやとなくなっていたのだが、他人の手に渡ると一番マズいブツも持って行かれてしまった」

今まで飄々《ひょうひょう》としていた道具屋がほんの少し怒りを露にする。それほどに厄介かつ非常事態らしい。

にしても、呪術のタネ。保村にはいまいちピンと来ない内容だった。

「タネってのは……？」

「呪いの素みたいなものかな。特に何も準備せずとも持ち主が望めば発動させることが出来るんだっけ？」

「その通り！」

「その通りじゃねぇよ。何て物騒なモン作って売り捌《さば》いてんだ、この女」

「こら、誤解しないでもらおうか」

保村が嫌悪感剥き出しで吐き捨てるように言うと、道具屋は頬を膨らませた。

「呪いといっても効き目は微弱に設定してある。くじ引きで絶対に一等賞が当たらない、トイレに入ったら紙がなかった、よく赤信号に当たるなど、そのくらい。しかも、稀に発動する仕掛けになっているから日常生活に支障を来すレベルではないよ」

「しょっぼい嫌がらせだな、おい」

「そんなのでいいんだよ。ロビーで発狂していた女性を見ただろう。呪いは『のろい』とも読むし『まじない』とも読む。今の時代ではそうなったらいい程度の気休めでしかなくても、そんなものを手に入れた翌日に、呪いたいと思った相手が死んだら誰でもああなる」

「彼女の友人の死にはあんたが関わっていると言ってたけど、あれはどういうことで？」

「盗まれたタネで作られたのがこれというわけさ」

道具屋が取り出したのは、あの巾着袋だった。紐を解《ほど》いて引っくり返してみると、ころんと巾着袋と同じピンク色の毛玉のような物が出てきた。

「ゴミ？」

「タネだよ。君は見る目がないなぁ」

「こんなもんが？」

「言ってみれば素材！　だからね」

懐疑的な目で毛玉を見る保村に念を押すように、道具屋は強めに言った。

「私が用意した素材を利用して作ったのが、この『嫌いな人間にあなたが望む罰を与える』お守りだ。だが、ここで大問題だ。私が弱くしておいた呪いをわざと強力になるように弄くられてしまっているのだよ」

話が読めてきたと、保村は片眉を上げた。本来なら小さすぎる嫌がらせレベルの呪いで済むはずの呪いの素が何者かに盗まれ、それを改造して作られた物が出回っているのだ。

「かすり傷を負うくらいで済むのなら私も放っておいたのだがね。嫌な予感がして警察に犯人探しを頼もうとしてみれば、死人が出たと来た。完全に傍観していられる立場ではなくなったのさ」

「……道具屋さんは犯人の目星はついてるの？」

ずっと黙っていた六原が確認すると、道具屋は得意気に鼻を鳴らした。

「さあ？　ただ、この私の才能を嫉妬した者の犯行であることは確かだ」

昨日から変な所で自信に満ちた女ばかりを相手にしているような。保村は虚空を見上げた。

「君たち警察には犯人を捕まえてもらいたい。これ以上、無駄な殺人が起きて困るのは君たちだ。警察署が彼女のような、自分を加害者だと思い込んだ被害者たちの駆け込み寺になりかねないからね」

そう言いながら道具屋は窓辺に立った。清掃員により定期的に拭かれているおかげで汚れのない硝子の向こうに広がるのは、絶えず車が行き交う車道だ。

「どこの誰がそんな巾着を持っているかまでは分からないが、今こうして私が生んだ呪いが降りかかろうとしている哀れな人間がこの近くにいることくらいは分かる。さあ、3……2……」

道具屋がまるでマジシャンのようにカウントダウンを始める。

「1……」

その時が近付く。外では相も変わらず、日常が流れ続けていくはずだった。

「0」

引き攣るようなブレーキ音と何かがぶつかるような衝撃音。直後に通行人と思われる複数の悲鳴。

「…………………」

　絶句する保村。六原はいつもの無表情を崩さないまま道具屋へ口を開いた。

「……これ、盗んだ人を捕まえてどうにかなるの？」

「私や警察だけでは出回ったアイテムを全て回収することなど恐らく不可能だろうね。だが、一度発動してしまえばそれきり、力は失われるはずだ。一度世に放たれた分に関してはどうしようもないとしても、これ以上の被害が出るのを食い止めることは出来る」

　要するに、わずかばかりの犠牲は覚悟しろ、ということだ。木目模様のテーブルに放置された巾着袋の中に詰まった災厄。それはあとどれほどの人間に喰らいつくのか。

　黙り込む保村に、道具屋は間を置いてから「さて」と言葉を再開した。

「まずは被害届を出さなければ」

「でも、盗まれたのって見た目三百六十度どっからどう見てもゴミっすよ。そんなもん、盗まれたなんて言ったら門前払い喰らいそうな……」

「だからタネだと言っているのに、これだから凡人は……ああ、ただ他にも一般的なのがいくつか盗まれているよ。壺とか掛け軸とか」

「それはどんな効果がおありで？」

人の魂を吸い取る壺か、見ると呪われる掛け軸か。どちらも戦国時代の頃の物品で、壺は
「失礼だな。一般的と言っているじゃないか。どちらも戦国時代の頃の物品で、壺は二百万、掛け軸は二百五十万程度しかしないぞ」

「どこが一般的だ」

脳がバグを起こしているとしか思えない認識である。保村は目眩《めまい》を起こしかけた。

「道具屋さんはお金持ちだからね」

六原は特に驚いていなかったので、いつものことなのだろう。

「三百五十万の掛け軸が一般的って言い張るぐらいにはお金持ちなのは分かったけど……そんなものとかまで盗られてんのに、よく最初は犯人を放っておこうって気になったっすね」

「実は壺の方がね、再鑑定に出せばもしかしたら七百万以上の価値がつくことが分かってね。いいかい、二百万が七百万だ。一刻も早く、何がなんでも、どんな手を使ってでも犯人を捕まえて壺を奪い返し、ついでに掛け軸も返してもらおう」

「……一つ聞いていいすか?」

「何かな」

「あんたが警察に来た理由って呪い云々《うんぬん》よりもそっちがメインじゃないだろうな」

「…………そんなわけないじゃないか」

明らかに不自然な間があった。自らに非はないとはいえ、責任を感じているのだと思っていたのだが大外れだったらしい。

「先生、よくこんなのに恋人扱いされてて平気っすね」

「慣れれば何とも思わなくなるよ」

「それはそれで問題ありな発言な気もするけど……」

「私の愛しき星《エトワール》はシャイだからね。いつもそんな様子なんだ」

道具屋は六原の前に立つと、芸術品と見紛うように白く美しい指で彼の黒髪を梳《す》いた。艶やかな手付きで髪に触れる仕草は妙に性的だった。

「おや、髪が少し傷んでいるね。私が洗ってあげようか？」

「シャンプー買い替えれば済む話だと思うんで」

「じゃあ、ついでに体も洗ってあげるよ」

うげ、と保村は眉を顰めた。

「先生、この人気持ち悪いんだけど」

「変な人だけど普通に接してれば害はないから」

保村も見目麗しい美女から誘いを受ければ喜んで浴室に入るだろう。しかし、外見がいくら良くても中身に難ありとなるとこちらから願い下げである。

初めて出会った陰陽師が六原のような人間だったせいか、彼とのあまりに激しいギャップに美貌の道具屋への邪《よこしま》な感情が全て燃やし尽くされる。保村の腕には鳥肌がびっしり立っていた。

◆◆◆

九月も下旬を迎えると、涼しい風が吹く日が多くなる。早くもあの茹《う》だるような暑さに懐かしさを覚えながら、保村は街中にあるハンバーガーショップに来ていた。二人用のテーブルにはハンバーガー数個にフライドポテトのS、それとブラックコーヒーとオレンジジュースが置かれて賑やかな様相を呈している。

それらに交じって置かれているピンク色の巾着袋へ、向かい側の席に座った男の視線が注がれる。

「これ……って？」

ハンバーガーの包みを開けながら六原が尋ねる。その顔には驚愕の色が僅かに浮かんでいた。

「ん？　例の呪いのお守りすよ」

同じく包みを開いたハンバーガーに齧り付きながら保村が答えた。やっぱりハンバーガーは妙に凝ることをせず、シンプルなトマトケチャップの味付けに限る。

道具屋から盗んだ『タネ』を用いて作ったお守りが売られていたネット通販サイトから犯人を辿る策は、すぐに諦めることとなった。ハンドメイドのアクセサリーや雑貨を販売するサイトなのだが、持っているだけで呪える、呪いの魔力が宿った、などの物騒なワードが入った商品はそれなりの数があった。しかし、巾着袋を売っているアカウントは見当たらない。

サイトの管理人が調べたところによると、数日前に退会したらしい。登録には名前だけでなく住所、電話番号などの個人情報が必要なのだが、何から何まで全てが虚偽の情報だった。

類似する他のサイトでも同じ時期に同じ巾着袋を販売する人物がいたようだが、やはり、既に退会して行方を晦《くら》ましている。なので、現時点でお守りを手に入れるのは、本来は不可能なはずだった。

「どうやって手に入れたの？　もう買う場所がないって言ってなかったっけ……」

「俺独自のネットワークを使えば朝飯前ってことで」

「ああ、女の子を利用して……」

「その言い方、悪意しかないんでやめてもらえます？」

否定はしない。保村は行きつけの『店』を何軒か回り、曰く付きのお守りを持っている人物がいないか捜してみたのだ。煌《きら》びやかであり、その分闇も深いのが夜の世界である。一人や二人はそういうアンダーグラウンドなモノに手を出す人間がいるだろう。

保村の読みは正しかったようで、店の女の子から巾着袋を譲り受けることが出来た。どうして、何のために購入したのかは詮索しないことにしたが。

「刑事さんが女の子とたくさん付き合ってるのは、こういう時のためなんだね。すごい」

「いや、そういうわけではないんすけど」

「……？　仕事のためじゃないなら何で……!?」

「聞くな」

心の底から理解出来ない、と不思議そうな表情を見せる六原に気まずくなる。己の欲求に忠実になって生きている結果がこれなのだが、その生き方を全否定されるみたいだ。

「というか俺、自分の職業は隠してるんで、刑事だって知ってんのはほとんどいないっすよ」

「何か大変だなぁ……自分のことを隠さなきゃいけないなんて」

「ま、俺のことはともかくどうすか？　それ」

保村に促されて、テリヤキ味のバーガーを食べ進めながら六原がお守りを見る。一見、平穏な光景のようだが、凄腕の陰陽師が人を殺《あや》めるほどの力を持った呪いを宿す道具を眺めている状況である。

数十秒ほど観察して、口の中の物を呑み込んでから六原は口を開いた。

「まだ使われてはいないと思うけど……この感じやっぱり道具屋さんのだ」

「分かるんすか、そういうの」

「うん、慣れてるから」

「……？」

慣れているとはどういうことだろう。気になったが、あの女に関して必要外の情報はあまり取り入れたくはない。保村は今の言葉は聞かなかったことにして、次の話題に入ることにした。警察としてはむしろこちらの方がメインである。

「道具屋の家からは侵入者と思われる指紋や土足痕が発見されました。盗みに入られてから何日も経ってるからどうなることかと思ったんすけど、荒らされた状態のまま部屋を空けてたようで好都合だったというか」

道具屋の自宅は都内の高級マンションだった。高い家賃を支払う代わりに得た極上の一室は、見るも無残な状態になっていた。一人で寝るには大き過ぎるキングサイズのベッドは刃物で裂かれて中身が見え、あまり使われた形跡のないキッチンも棚の扉が全て開かれて中身が乱雑に出されている。変人とはいえ、一人暮らしの女性の自宅だ。空き巣が入ったにしては少々過激過ぎる。

　こんな室内をそのままに、道具屋は別の場所にあるもう一つの自宅で悠々自適に生活していたらしい。他に五、六ヶ所住処《すみか》があるようで、一つが駄目になっても代わりはいくらでもあるということだ。

　しかも、どこも高額の家賃。そんなに稼いでいるのかと現場にやって来た捜査三課の面々が唖然としていたらしいと、笠井から情報が流れてきた。

「開運グッズとか呪いのアイテムってそんなにたくさん売れるもんなんすか……？」

「どっちかと言えば、運気が上がるグッズを芸能人だったり偉い人が買うみたいだよ。高いお金を出して、その分いいことがたくさん起きるようなものを道具屋さんが作ってあげるんだって」

「幸せを金で買うってか。世知辛い世の中なことで」

「でも、世の中にはお金払って女の子とお酒飲んだり遊んだりする人だっているし」

「幸せは色んな形と種類があって、金と引き換えじゃないと得られないものもあるんすよ」

　前言撤回とはこのことだ。フライドポテト片手に、保村は神妙な顔付きで諭すように言った。

　だが、これで道具屋の尋常ならざる羽振りのよさの秘密が分かった。高い金を得ているのだから、実績はそれなりにあると見える。

「それに比べてあんたは講師として当たり前のギャラを……」

「あ、今日の講座内容は安倍晴明《あべのせいめい》って陰陽師についてだけど、刑事さんも参加する？　人あんまり来ないから予約なしでも入れるよ」

「今日はこの後は普通に外回りがあるんでパス。俺だって陰陽師だの呪いだのにずっと関わってる暇はないんすよ」

今日、六原に会いに来たのもこの巾着袋を見せにきただけだ。保村が呆れを込めた口調で軽い嫌味を言うと、六原は「うん、いってらっしゃい」と頷いてからオレンジジュースをストローで吸った。何でもないような顔で。

ただし、目線が僅かに泳いだのを保村は見逃さなかった。

「……………あー」

「ポテト食べたいなら残り全部あげるけど」

「そうじゃなくて、あべのせーめー？　だっけ。どんな人なんすか、その人。興味ぐらいはあるんで」

「えっと……晴明、は……」

六原が保村の方を真っ直ぐ向いたまま、言葉を止めてしまった。誰かが後ろにいるのかと保村が背後を振り向くと、一番最初に黒いサングラスが目に留まった。それから瑠璃色の髪とシルクハット。本日は桜の花弁を散りばめた白の着物を纏った美女が微笑んでいる。

「……どうしてここが分かった？」

純粋な疑問だった。

「何、たまたま通りかかったら君たちが仲睦まじく語り合っているのが外から見えたのでね。私も交ぜてくれないかい？」

「すみませんね、俺はこれから仕事に戻るんで先生がお相手を」

「じゃあ、そろそろ講座の時間が始まるから僕はこれで」

かつてないほど機敏な動きで六原は店を飛び出した。たった今まで六原が座っていた席に道具屋が腰を下ろす。悪夢である。

「あんたも講座に行ったらいいだろ。先生がいるぞ」

「私は彼の講座を受けられないのだよ」

「はぁ？　予約なしでもいけるのに、何でまた」

「どういうわけか警備員がやって来て、警備室まで連行されたことがある」

「警備員がちゃんと仕事してるって証拠だろ」

いくら六原に会いたくとも、また不審者扱いされるのは嫌らしい。せめてシルクハットとサングラスを外せばただの着物美人で済みそうなものを。本人もそこは分かっているはず、いや分かっていると信じたいので、保村はこれ以上言及するつもりはない。

「……これはどこで？」

道具屋がお守りを手に取った。

「ちょっとしたコネで譲ってもらった。まあ、今はもうどこのサイトでも売られてないし、これ以上買う奴は出てこないかもしれない」

「さあ、それはどうだろう。タネは大量にあった。ひょっとすると犯人は今度はお守りではなく、別のものを作り、別人に成り済まして売り始めるかもしれない」

そう来るか、と保村は顔を歪めた。あたかも自分が死んで欲しいと望んだせいで対象者が本当に死んでしまったと思わせるような仕掛けをする醜悪さが犯人にはある。次は呪いのことを一切伏せて普通の品物として販売する可能性だってゼロではない。そうなってしまうと対処しきれない。

「だが、君たち警察が調べてくれたおかげで、犯人の手がかりは見付けることは出来たのだろう？　だったら、そこから誰が私の商売道具と壺と掛け軸を盗んだのかを特定するのは難しくはないと思うのだけれど」

「…………」

楽観する道具屋の言葉に保村は沈黙を続けた。おや、と道具屋が軽く瞠目する。

「何か心配事でも？」

「指紋と下足痕の採取がやけにスムーズに進んだと三課の連中が言ってたんだよ。わざわざ手の込んだ方法で呪術アイテムを売り付けるような奴が、自分に繋がる証拠をポンポン残していくような真似をするとは俺には思えない」

「うん、つまり何が言いたいのかな」

「あんただって薄々気付いてるはずだ。もしかしたら……」

「うん、辛気臭い話は一旦ここまでとしよう。食べ物の匂いを嗅いでいたら空腹になってきてしまった」

苦笑しながら道具屋は、時間が経って萎びてしまったフライドポテトをつまむと口に咥えた。その危機感の欠如に保村が白けたように溜め息をついていると、思い出したように道具屋が声を漏らした。

「そういえば、君は先ほど六原君から安倍晴明に関して聞こうとしていたね。私に協力してくれているお礼として語らせてもらおう」

「いや、語らなくていい」

「京都にある晴明神社に祀《まつ》られている、歴史上最も高名な陰陽師さ。君も陰陽道には詳しくなくとも、彼の名前くらいは聞いたことがあるはずだ」

道具屋が勝手に話を始めてしまったので、保村は右から左へ聞き流す姿勢を取ってコーヒーを啜《すす》った。ハンバーガーの味はいいが、コーヒーは業務用の物を使っているようでいまいちである。

「彼は多くの創作物で若い姿として描かれているが、実際、活躍を始めたのは四十歳頃からだと言われている。星々の流れを見てあらゆる事象について研究する天文博士の地位に就きながらも、陰陽師として数多くの伝説を残した」

　天文博士。確か、六原の二つ名だったはずだ。

「祈祷によって病を治し、雨乞いによって雨を降らせ、物の怪から京の都を守った。彼の側には常に式神と呼ばれる使い魔がつき、蘆屋道満《あしやどうまん》というライバルの陰陽師に殺された後も秘術を使って蘇った逸話もあるくらいだ」

「はいはい。つまり、何でも出来るスーパー陰陽師だったんだろ」

「彼の力はあまりにも人知を超えていてね。こんな疑惑も持たれていた。晴明は人ではなく妖狐の胎《はら》から生まれ落ちた半人外ではなかったのではと……って何だい、本当にあまり楽しそうな顔じゃないな。私たち陰陽師にとっては大先生のお話だぞ？」

「陰陽師じゃない俺にとっては、赤の他人」

「まったく……そんなに私じゃなくて六原君の方が良かったのかな？」

　この女じゃなければ六原じゃなくとも誰でもいい。変な誤解をされるのは御免だと保村が一睨みすると、道具屋はわざとらしく肩を竦《すく》める仕草をしてみせた。

「同業者以外でこんなに私への当たりが強い人間は君が初めてだよ。大抵は私の作る品物目当てで胡麻をする奴らばかりなのに」

「そういうのには頼りたくねぇんだよ。それに程度は低くても呪いなんて売り物にしてる時点でいい印象がない」

「それは六原君が呪いを祓うことを専門にしているからかい？　確かに彼と私は本来ならば敵対関係にあるからね」

「……何であんた、先生にそんな熱上げてるんだ？　あんな地味で危なっかしい人のどこがいい？」

棒切れ一本で藪を突くような無謀な質問だと自覚した上で保村は聞いた。好奇心で殺されるのは何も猫ばかりではない。

「……そうだね、君になら教えてあげよう。彼は……私の星《エトワール》なんだ」

「は？」

早くも質問したことを後悔し始める。だが、本当に聞くべきじゃなかったと思ったのはここからだった。

「私はかつて六原君に殺されかけたことがあった」

「先生があんたを？」

「おっと、誤解しないで欲しい。あれは正当防衛だよ。私は大金をもらってある人物を死に至らしめるほどの力で呪いをかけ、六原君は端金《はしたがね》で依頼を受けて呪い『返し』を行った。そのせいでターゲットに向かうはずだった死の呪いは全て私に降りかかり、結果瀕死にまで追い込まれたんだ。私でなければ間違いなく死んでいただろう。それほどまでに強力な呪術だったのに六原君は容易く跳ね返してしまった。仕事を邪魔した、なんて生温いものじゃない。これまでの陰陽師としての私を全て否定するかのような出来事だったのに、どういうわけか彼に焦がれた。そして、あの夜の公園にいた六原君を一目見て私は思ったのだよ。星《エトワール》があると」

その時の情景を鮮明に思い出しているのだろう。道具屋は甘く恍惚とした声で語り続ける。

「彼は私に気付くと悲しげな表情を浮かべた。自分が殺しかけた人間がすぐ側にいる。罪悪感に苛まれる瞳を見て私は彼を愛してやろうと決めたんだ。そのためにも彼に最大級の私の愛を受け止めて欲しい。……そう願っている」

「俺は恋愛の形は自由だと思うけど、あんたのそれは何かちょっと違う気がする」

「むぅ」

「そんなドロドロした恋愛トークされた後に可愛く頬膨らました所で誤魔化されねぇよ」

一から十まで常人である保村には理解出来ない内容のオンパレードだった。要するに自分を本気で殺そうとした相手を本気で愛してしまったということなのだが、愛憎渦巻く感情がどういうものであるかは学べた気がする。今後に活《い》かしたいとは思わないし、活かす気もない。

あまりまともではない関係の予感はしていたものの、ここまで来ると六原に同情じみた念すら寄せてしまう。だからといって保村を生贄にして逃走したことはとても赦されないのだが。

仕事とはいえ、人の人間を殺そうとした。立派な殺人罪のはずなのだが、恐らく道具屋は同様の依頼をこれまでにいくつも受け、実行してきたのだろう。つまり、目の前にいるのは殺人者と言ってもいい。なのに彼女を裁く法は存在しない。何食わぬ顔をした奇抜な格好と思考の一般市民として日常の中に溶け込んでいるのだ。

呪いによる殺人は何も証拠は残らない。不能犯として取り扱われる。だからこそ、彼女に殺しの依頼をする者は少なからず存在する。金さえ払えば確実に仕留めてくれるのなら、殺し屋を雇うよりもよほど効率的でリスクも少ない。

呪いをかける者、かけて欲しいと依頼する者。そんな人間たちがいなくならない限り、六原はずっと陰陽師として危険な橋を渡り続けるのだ。

自分の命の危険を一切気にしないまま、これからも……。

「……刑事さん、電話が鳴っているようだが？」

どのくらい思考を巡らせていたのか。保村は道具屋に言われるまでスマホが鳴り出していることにすら気付かなかった。

先ほどの詫びをするために六原がかけてきたのかと思いきや、三課の刑事からだった。

「もしもし……」

思っていた相手からの連絡ではなかったが、それは朗報だった。現場に残された指紋が空き巣の前科を持つ男のものと一致し、自宅からいくつかの骨董品が出てきた。それらは盗難届を出されていた物ばかりで、中には道具屋の元から持ち去られたらしき壺と掛け軸も交じっているようだ。

本人曰く、自分は骨董品を世界一愛するコレクターであり、自分の側に置くのが骨董品たちにとって一番幸せだったから盗んだとトンチキな話を展開しているようだが、素直に自白してくれるのはよいことだ。

ただし、決していいニュースばかりではなかった。保村は今現場に行くと告げてから通話を切ると、目を輝かせている道具屋に口を開いた。

「あんたのうちに入った奴が捕まったらしい」

「そうかいそうかい！　じゃあ、七百万の壺と三百五十万の掛け軸も――」

「でも、『タネ』とやらが家のどこを探しても見付からないんだと」

保村にしてみればそっちの方が本命だ。まだ事件は終わりそうにないと、げんなりとした。

◆◆◆

空き巣犯の自宅は築年数十年の古いアパートだった。

保村が部屋に向かうと、刑事たちに囲まれた男がいた。キャップを反対に被り、サングラスをかけた半袖短パンの姿に保村は一瞬身構えた。

「俺、俺俺俺っちの名はアンティーク・タケシだYO！　古《いにしえ》のお宝は俺っちのヤンチャ彼女！　俺が惚れた女はお前の惚れた女、お前が愛した女は俺の愛した女。言葉でのやり取りなんざやってられねぇ欲しいモンは奪い取るの俺っちの流儀だZE！」

「この木島武司《きじまたけし》は元DJだったんだが、骨董品市に行った時に目覚めて骨董マニアになったそうだ」

「いずれにせよ、売り飛ばしてなかったのは不幸中の幸いっすかね」

「ふざけたことを抜かすんじゃNE！　男のROAD、そこに女を手離せなんて標識なんざありゃしNE！」

「木島、お前まず人の道踏み外しちゃってる」

「俺っちの名前はアンティーク・タケシだ、間違ってもらっちゃ困るZE！」

刑事とアンティーク・タケシとのやり取りを一種の見世物劇のような感覚で眺めていた保村だが、気付けば一緒に連れてきたはずの道具屋がいない。部屋を見回してみると、豪勢な作りの壺を抱擁する不審者がいた。

「あぁ～～～～～私の七百まぁん！」

「ちょ、それまだ持っていかれちゃ困るんですよ！」

「だったら早く持っていけるようにしたま……」

壺を持ち去ろうとする道具屋のシルクハットを保村は無言で叩いた。

「あんたの盗まれたもん、まだ全部見付かっちゃねぇだろ」

「へっ？　でも壺と掛け軸があるじゃないか」

「あの毛玉」

「あー……別にいいんじゃないのかい？」

「こっちは全然よくねぇわ」

『タネ』だけでなく、お守りの材料らしきものも見当たらない。

「やっぱ盗みをやらかした奴とタネを利用している奴は別ってことか。面倒くせぇな

……」

「ふむ、だったら後者が誰なのか、あのラッパー擬《もど》きに聞けばいいんじゃないのか

ね？」

言われなくても。そう言おうとした時、アンティーク・タケシが大声を上げた。

「俺は絶対にあの人の名前は出したりしねぇ！　それが男と男の熱き友情イエァ!!」

「え、どしたんすか？」

保村が聞くと、刑事は困り果てた表情で首を横に振った。

「どうも木島は誰かの指示で盗みに入っていたようでな。だが、こんな感じで黙秘する気満々なんだよ」

「誰かのねぇ……」

とりあえず、男であることは本人の下手なラップの歌詞で判明している。

「木島、このままお前一人で罪を被るつもりか？」

刑事が厳しい口調で問いかけると、アンティーク・タケシはふんっと鼻を鳴らした。

「そんなの構やしねぇ、俺は地上に落ちた罪に濡れた堕天使だっＹＯ」

どうしよう、こいつ。そんな生暖かい空気が盗品まみれの室内に漂う。だが、道具屋だけはアンティーク・タケシを微笑ましく見詰めながら口を開いた。

「ああ、君、もしや脅されてるね？　……自分のことを言ったらお前に危害を加えるとかって」

「な、何言っててん……」

DJの様子が一変した。

「君に取引を持ちかけた人物は、私の家にあった『タネ』を持ってくること、自分のことについては絶対に明かさないことと引き換えに、君に何かを提供していた」

タネ？　と刑事たちが訝しむが、構わず道具屋は話を進めた。

「そうだなぁ……例えばいかにも君好みの骨董品を所有している人間の情報とかかな？　そして脅しをかけた」

「そ、そそそそんなわけないじゃないですか！　べっ、別に俺はなーんにも脅されてなんかないしぃ！」

図星だったことをもう少し誤魔化す努力は出来ないのか。アンティーク・タケシからただの木島武司に戻った男が慌てだす。黒幕の大きな人選ミスである。

刑事によって奪い取られた木島のサングラスの下には怯えた目があった。道具屋の『タネ』に関するくだりで三課の刑事たちは怪訝そうな顔をしていたのに、木島は明らかに動揺を見せていた。つまり、それが何のことかを理解しており、そうなると黒幕がどのように『危害』を加えるつもりなのかも見当がつく。

「困ったな、刑事君。彼はここで自白してしまったら真犯人によって呪い殺されてしまうようだ」

「？　お姉さん、呪い殺されるだなんてそんな冗談を――」

「私は保村刑事に話しかけているんだ。外野は黙っていてくれないか?」

揶揄《からか》うように笑う三課の刑事に、道具屋は冷めた口調で告げた。どちらかと言えば、この場で外野に当てはまるのは一課所属である保村なのだが、彼女にはそんなことは関係ないようだ。

そして、話を振られた保村は怠《だる》そうな仕草で髪を掻いてから、「おい、ラッパーそこ座れ」と木島を床に座らせた。その目の前に自分もしゃがむ。

「あんた、呪いって信じてる?」

「……?」

「別にどう答えてもいいっすよ。お好きなように」

「……し、んじるわけないじゃないですかぁー! の、のの呪いだなんてそんな漫画とかアニメの世界にしかないし……」

「じゃあ、次の質問。これ何だと思う?」

保村が懐から出したのはピンク色の巾着袋だった。それを見た瞬間、木島の顔が強張る。

「なぁ、質問に答えてみろよ」

「か、っわいい巾着ですね。彼女からもらったものだったり……?」

口調を強めて催促すると、木島は声を震わせながらも恐る恐る見当違いの答えを口にした。それを保村は鼻で笑い飛ばす。

「半分外れ。女の子から譲ってもらったものでさ、これを持ってるだけで人を呪い殺せるらしいんだよ……」

「そうなんですか、すごいですね。え、でもそんなものをな、何で今……え……？」

保村は何も言わず、静かに木島を見詰め続けた。他の刑事たちから見れば保村が何をしようとしているのか理解出来ないだろう。

奥歯をカタカタ鳴らす木島は、迫りくる恐怖に全身を絡めとられているようだった。

彼は理解しているからだ。眼前の刑事が持つその巾着袋にどんな力があるのかを。

「三つ目の質問。お前を雇ってあの女の自宅から壺でも掛け軸でもないモノを盗んでくるように指示した奴は誰だ？」

◆◆◆

その頃の楼巣会館。

「六原せんせー、質問質問！」

講座が終わり、ちらほら参加者が帰り始める中、小学生の少女が元気よく六原の下へ駆け寄って来た。

夕方の時間帯の講座に必ず出席している、小さく可愛らしい常連だ。どうやら自宅が会館の近くのようで、学校終わりにまっすぐこちらにやって来るらしい。

「うん、いいよ。分からないことがあったら何でも教えてあげる」

「えっとね、じゃあ……呪いで人って本当に死んじゃうの？」

少し不安げに尋ねる少女に六原はうっすら浮かべた笑みを絶やさず、けれど首を傾げてみせた。

「うーん、死んじゃうなんてないと思うけどなぁ」

「ほんと？」

「本当だよ。何かあったの？」

「さっき隣に座ってたお兄ちゃんが可愛いお守りをこっそり見せてくれたんだけどね、それを持ちながら嫌いな人のことを大嫌いだって強く思ってると死んじゃうって言ってたの」

少女にとっては楽しい講座の時間だったのに、隣の参加者にそんな話をされて怖かったに違いない。思えばいつもはニコニコと笑顔で話を聞いているのに今日はどこか沈んだ表情を見せていた。

その時のことを思い出していると、まだ不安が捨て切れないのか、少女が六原の服の袖をぎゅ、と握り締めた。

「……でも、本当に死んじゃったらどうしよう」

「怖い？」

「だって嫌いな人だって仲良くなれるかもしれないんだよ？　おばあちゃんはおじいちゃんと最初はすっごく仲悪かったけど仲良しになって結婚したって言ってたもん。だから嫌いな人でも死んじゃうのは駄目……」

「大丈夫。死なないよ」

六原は少女に袖を離させると、代わりに小さくて柔らかな手を両手で優しく握った。

「もし、本当に呪いがかかっても心配いらないよ。僕が皆を守ってあげるから」

「先生が守ってくれるの？」

「うん。僕は陰陽師だから悪い妖怪や幽霊だけじゃなくて、呪いをやっつける方法も教えてもらってるからね」

「約束……してくれる？」

「約束するよ。だから今日はそろそろ帰ろうね。お母さんが心配しちゃう」

安心させるような声で言うと、少女はゆっくりと頷いた。六原が手を離すと、いつもの笑顔に戻って元気よく「先生またねー！」と言って会場から出ていく。小さいながらどこまでも眩しい姿に六原は手を振っていたが、その動きがピタリと止まる。

六原の背後に銀のフレーム眼鏡をかけた神経質そうな高校生が立っていた。彼も参加者の一人だ。

「あれ、どうしたの？」

「あのクソガキ、俺の話を全然信用してくれなかったんですよ」

忌々しそうに吐き捨てる。少女の隣に座っていたのは、この彼だった。

「君はえっと……西丘《にしおか》君だったかな？　呪いで人が死ぬなんて話誰も信じないし、あんな小さな子に言ったら怖がらせるだけだと思うよ」

「……っ、先生までそんなことを言うんですか？　呪いで人殺しは不可能だなんて」

「……じゃあ、君は呪いで人が死ぬって言うの？」

「そうですよ。ほら、これを見てください」

西丘が六原の目の前に突き付けたのはピンク色の巾着袋だった。六原が手に取ろうとすると、西丘は「おっと」とおどけたように笑いながら後ろに下がった。

「取らないでくださいよ。これは俺のものなんですから」

「それがあの子の言ってた『可愛いお守り』かな……」

「そうですよ。俺は呪いについて結構調べてて、色々グッズを買ってみたりネットや本に載ってる方法を試したりしたけど全然効果がなくて、こういうのに詳しいあなたから何か話が聞き出せるかと思ってたら『そんなのないと思うよ』の一点張りだったたし」

「僕、そんな風に言ってたんだっけ？」

「覚えてないんですか？　呪いによる殺人が現実のものになれば、この国を牛耳ることだって出来てしまうんですよ？　だって自分に反抗的な奴を簡単に殺せるんですから。なのに、あなたは俺の言葉を真剣には聞いてくれなかった」

年上の人間を嘲笑するような笑みだった。挑発じみた言葉と態度だったが、それでも六原の心を揺らすまでには至らなかった。六原の顔には怒りも驚きも、悲しみすら浮かんでいない。

「ごめんね、覚えてない」

「この、野郎……！」

煽《あお》るどころか、逆に神経を逆撫でされた西丘の顔が赤く染まる。何とか怒りを鎮めようと深呼吸しているが、その呼気すらも荒々しい。

「だったら、だったら！　俺が証明してやりますよ！」

「え？」

「呪いで人が死ぬんだって！　いいですか、六原先生。この巾着袋は今オカルト界隈で有名な代物で、持っているだけで何もしなくても人を呪えるというアイテムなんです。俺はこれでまず、あのガキを呪い殺します」

「……どうしてあの子？」

「あいつは俺に言ったんですよ。せっかくこっそりこのことを教えてやったのに『そんな変なの欲しくない』って！　あああ、腹立つ。高校生を馬鹿にしたような目で見やがって」

自分のとっておきの宝物を見せてあげたのに思っていた反応を得られず癇癪《かんしゃく》を起こす子供。今の西丘は傍から見ればそれと同じだった。そのことを自覚しようとすらせず、舌打ちをしながら六原の脇をすり抜けて会場から出て行こうとする。

が、足を止めると振り返って六原に宣言する。

「いいですか、ガキを殺したら、次は六原先生ですからね」

◆◆◆

ああ、腹が立つ。西丘俊介《しゅんすけ》は家に帰ってきてからも収まらない怒りに振り回されていた。

どいつもこいつもこれの価値を全く理解していないのだ。巾着袋の紐を解いて中から取り出した毛玉。一見、タダのゴミにしか見えないこれがこのアイテムの『本体』らしい。オカルトに精通している者によれば、プロの陰陽師が呪術の力を封じ込めたもので、ここまで危険な物は本来世の中に広く出回ることはないとのこと。ひょっとしたら、何者かが毛玉を盗み出して、それでこんな物を作って販売しているのではとも噂されていた。

真実は定かではない。何せ、この販売者は既に通販サイトを退会している。今、西丘の手元にあるこれも様々な手を使ってようやく手に入れた物だ。だが、その苦労の価値は十分にあるはずだ。

「俺ならきっとこれを使いこなせる。きっと、上手くいく……」

毛玉を巾着袋に入れ直してから勉強机の引き出しを開ける。そこには藁で作った人形がしまわれていた。巾着袋と藁人形、それと釘と金槌を持って家を抜け出す。向かう先は近所にある神社だ。あそこの境内は木々が多い。実験をするのに最適な場所と言える。

期待に胸を膨らませて神社に辿り着き、スマホの光を頼りに木がある方を目指す。外灯が設置されていない境内は闇一色だが、こういう時は都合がいい。

誰にも見付からないように一番奥まで進んだ所にある木の前に立ち、巾着袋の中の毛玉を少量千切ってから藁人形の胴体に詰め込む。これは西丘なりのアレンジだ。こうすることで確実に呪いが発現するようにと考え出したのである。

まずは生意気な子供で試し、その次はペテン師の講師でも試してみる。二人とも死んだら実験は成功だ。呪いでの殺人は実現する。消し去りたいと思う人間を消しても捕まったりしない。どんなに素晴らしいことか！

　笑みを浮かべながら藁人形を木に押し当て、釘で中心を貫こうとした瞬間、

「やめた方がいいよ」

　心臓が止まりそうになった。引き攣った悲鳴を微かに上げながらスマホの画面で声がした方向を照らすと、数時間前に会話をした男が闇に紛れるようにして立っていた。明かりを持たずに。

「む、六原先生……」

「本当にやるとは思わなかった。しかも、こんなことをしようとするなんて……」

　その声には哀れみとも呆れとも判別出来ない色が滲んでいた。だが、西丘にとって重要なのは何故、彼がこの場所にいるかということだ。

　まさか家から尾行してきたわけでもあるまいし。動揺していると、足元にひら……と何かが落ちた。

　人の形を模《かたど》った白い紙だった。

「な、え、こんなので俺を見張っ……いや、そんなはずがない。あんたが本物の陰陽師なわけが……」

「僕のことはどうでもいいよ。そんなのより、呪いをかけるなんてやめるんだ」

「な、何ですか……力ずくで止めに来たんですか？」

こちらには金槌があるのだ。妨害しようとするなら……と構えるも、六原はその場から動こうとしない。

「止めたりはしない。ただ、忠告しに来たんだ」

「忠告って何を」

「人を呪わば穴二つって言うの知ってる？　誰かを呪おうとすれば必ず自分にもその災いが降りかかるよ」

「…………っ」

「それでも、いいの？」

念押しするように確かめる六原の声は今まで聞いたことがないくらいに冷めきっていた。いつも講座で聞くような、少し間の抜けた穏やかな声ではない。まるで冬の夜風だ。情が全て抜け落ちた声音に、西丘は金槌を手から滑り落としそうになる。

だが、それを何とか堪《こら》える。剥がされかけているプライドによるものだった。

「……そ、そんな揺さぶりをかけても無駄ですよ。止めないって言うならそこで見ててください。俺の実験を……！」

藁人形に釘を当て、金槌を強く打ち付けた。ゴッ、と鈍い音が暗闇の中で響くのを聞きながら西丘は息を震わせる。

やった。やってやった。緊張で汗まみれになった手で金槌を強く握り、再び釘を打ち付けようとしたその時だった。

「え？」

金槌が手から離れ、土の上に落ちる。その横に西丘も座り込み、両手で左胸を押さえる。

「う、ぁ、あぁ？」

ツキン、ツキンと針で刺す痛みが左胸に突如現れた。そして、その痛みは一分も経たない内に強さを増していく。

「ひっ、ぎぁぁぁぁあぁぁぁっ!?」

痛い。痛い痛い痛い痛い痛い痛い痛い痛い痛い痛い痛い痛い痛い痛い痛い痛い!!

その場でのたうち回りながら激痛に苦しむ。針で刺されるなんて生易しいものではない。鈍器で心臓を直に殴られるような痛みと衝撃が同時に襲う。

涙と涎《よだれ》を垂れ流しながら終わりの見えない苦痛に絶叫する西丘の側に、六原が緩慢な動作でしゃがみ込む。

「人を呪わば穴二つ。これが誰かを殺そうとする痛みだよ」

「た、たすけっ、ぁ、あぁぁっ、いたい！　しぬ、ころされ、るぅっ!!」

「自分に呪い殺される気分はどうだ……？」

静かに尋ねる六原に西丘は泣きじゃくりながら首を何度も横に振る。

自分に呪い殺される気分？　そんなことを考える余裕なんてない。

「いやだ、いやだぁぁぁっ！　ぐっ、うぅぁ、しに、たくないぃぃ……！」

六原の足にしがみついて命乞いをする。プライドなんて打ち砕かれ、粉々になってしまっていた。

侮蔑するわけでも悲嘆するわけでもない。苦しむ様を物言わぬ顔でひたすら眺め続ける『陰陽師』に底のない恐怖を覚えた。

自分はここで死ぬ。禁忌に触れた実験を、人の命を実験対象にしたが故に同じモノを奪われて死ぬ。

出口のない痛みと恐怖と絶望で目の前が黒く塗り潰されていった。


「……これで少しは命の重さが分かったんじゃないか？」

六原は人差し指で西丘の土で汚れた額を軽く叩いた。直後、彼の体は大きく痙攣し、白目を剥《む》いて動かなくなる。死んだわけではない。涙と鼻水と涎に加え、地面を転がっていたせいで土まみれになった顔は酷い有り様だったが、半開きの口からは吐息が漏れていた。生きている大きな証の一つである。

六原は立ち上がると、紙の人形と巾着袋、木に刺さったままの人形を黙々と回収した。

「あと、さっき人を呪わば穴二つって言ったけれど、穴に入ったのは君だけだよ。呪い返しで呪いが全部君に戻ってくるようにしておいたんだ。嘘、ついてごめんね」

当然ながら返事はなかった。それを求めていたわけでもないのか、六原は不満を顔に出すこともなく闇の中へ歩き出す。

「それと藁人形を神社の木に打ち付けるのは住居侵入罪、器物損壊罪みたいだから気を付け……」

六原のスマホが鳴り出す。発信者は保村だった。

「あ、もしもし刑事さん？　……そっか、犯人見付かったんだね。よかった……え？　他にもそこにいるのか？　誰もいないけど……気のせいじゃないかな」

静寂の中に六原が消えていく。


西丘が目を覚ましたのは、明け方のことだった。家に帰ってこない息子を心配する親からの電話が耳元で鳴ったのである。

あの凄まじい胸の痛みは消えていた。藁人形も巾着袋もなくなっている。

いや、それだけではない。藁人形を打ち付けたはずの木すらなかった。そんなはずは……。地面をのたうち回っているうちに離れてしまったのかと周辺の木々を調べてみるが、釘を打ち込んだ木は最後まで見付からなかった。

◆◆◆

木島武司の自白によって黒幕が明らかになった。四十代で自称陰陽師を名乗る男である。彼は道具屋の下から『タネ』を持ち去るように木島に指示、『タネ』を木島から受け取ると、彼に骨董マニアの情報を与えた。それを使い木島はいくつかの家に侵入して骨董品類を持ち去った。

そして、道具屋の『タネ』を材料に、罰を与えるお守りと称した巾着袋を作り、通販サイトで販売していた。彼の自宅には他にも自作の根付やお守りが大量に作られているのが発見されて、それにも『タネ』が用いられていた。巾着袋が全て売れると、別の名義を使って新たに作った物を売るつもりだったそうだ。『幸せになれるアイテム』と宣伝文句をつけて。警察はそんなものを作るためにわざわざ人を雇ってまでゴミ同然の毛玉を求めたのかと困惑していた。

犯行の動機は道具屋への嫉妬だった。自分よりも年下の女にも拘わらず、芸能界や政界にまでコネを持つ彼女の才能がどうしようもなく羨ましく、妬ましい。だから、彼女の商売道具を奪って安く売り捌くと決めたのだと明かした。わざと呪いの力を強めたのも『一般人には強力な呪いは提供しない』という道具屋の理念を穢すためだったと彼は笑いながら言ったそうだ。

そして、その直後に突然の心臓発作を起こすとそのまま亡くなった。取り調べをしていた刑事たちにとって供述の最後の方はオカルトじみており、不気味さを感じていたという。更に今際《いまわ》の際、彼はこんなことを言い残した。

——魔女に喧嘩を売るもんじゃなかったな。

最期に残された言葉が何を意味するのか。犯人の不可解な死に、三課の面々は背筋を凍らせたという。

◆◆◆

「その犯人を殺したのは道具屋さんかな」

黒幕だった自称陰陽師が謎の死を遂げたという一報が保村に届いたのは、六原と駅前の個室居酒屋に来ていた時のことだった。絶句する保村とは対照的に、六原は驚く様子を見せずむしろ予見していたようだった。

「まだ殺されちゃ困るんすけどね……」

「容赦ないから、あの人」

「容赦ないのは先生もでしょうよ。いくら同業者相手でも呪い返しで殺しかける？」

「……道具屋さんからそれ聞いた？」

少し気まずそうに視線を彷徨《さまよ》わせる六原に、敢えてその話題を選んだ保村はこれは地雷だったかと感じた。……のだが、六原の次の一言は意外なものだった。

「ちゃんと手加減して返したから死ぬわけはないんだけど……」

「は？　手加減？」

「うん。道具屋さんの呪いをそのまま返してたらあの人絶対死んでたと思うから、半分くらいは呪いを祓って、残り半分を返したんだよ」

「何でそんなまどろっこしい真似を……」

「人を本気で殺すための呪いをかける人には少しだけ『返す』ようにしてるんだ。死なないけど、何度も死ぬほど辛い思いをしてもらうように」

「いやいや、だから何のため？」

「……死の痛みを知ってもらいたいからかな」

恐らく、彼なりの罰のつもりなのかもしれない。平然と答える六原が抱える暗い一面に触れた気がする。

考えてみれば、以前六原は人を呪いで殺せるかという問いに「生き返らせる方法がないからやらない」と答えたのだ。不殺をよしとしている善人のようでいて、歪《いびつ》な部分が存在する。

もし、死んだ人間を生き返らせる術があるとしたら、彼はあの時どう答えていただろうか。

「でも、あの女は先生が自分のことを見て、悲しそうな顔してたって言ってましたけど」

「えっ、何それ？」

心当たりが本気で見当たらない。そんな顔だった。仕方ないので保村は道具屋から聞いた話を全て説明することにした。

「……と、そういうわけであの女はあんたに惚れたみたいなんすけど」

「………？」

「何すか、その反応」

「だって、僕呪い返しした相手がどんな人なのかその時点では分かってなかったし、道具屋さんから言われて初めて知ったし……」

しどろもどろに語る六原に、保村はビールジョッキに伸ばした手を止めた。

「じゃあ、何で滑り台の上で悲しそうにしてたんすか」

「星占いしたくて晴れてて高い場所で空を眺めてたら、汗だくになってこっち見てくる人がいたからすごい怖くて……」

「あ、つまり悲しそうにしてたんじゃなくて怯えていたと……」

そもそも何でこいつ滑り台の頂上にいたんだ？　と薄々抱いていた疑問も解明された。そして、身の毛もよだつすれ違い劇場が現在進行形で続いている現実に戦慄した。

六原は道具屋に対して何ら罪悪感も持っていなかったのに、道具屋が勝手に自己解釈した結果、とんでもない偏愛モンスターが爆誕したのである。

「……………うげぇ」

「あ、そういえば道具屋さんから僕宛に何か預かってるって言ってなかったっけ」

「あ、ああ……」

六原と飲みにきたのもそのためだ。真犯人が捕まった後、「これを六原君に渡してくれたまえ」と道具屋から預かったものがあるのだ。ズボンのポケットから青と白の石で作られたブレスレットを取り出す。二人の出会いの真実を知ってしまったせいか、掌にずしりと重みを感じる。

「わあ、綺麗だね」

「あんた、よくあの女からのプレゼントを普通に受け取る気でいるな……」

「ううん、受け取らないよ」

そう言いながら六原が指先で青い石に触れた途端、ブレスレットがバチンッと大きな音を立てて弾け、石が四方八方に飛び散った。

その残骸の一つがだし巻き玉子の上に着地したのを保村が箸でどかす。そんなことをしている場合ではないのだが、あまりの衝撃に思考能力が麻痺してしまっていた。

「いつものことだから気にしなくていいよ」

「えっ、ドッキリを仕掛けるのが奴の愛？」

「ううん、僕を本気で殺すつもりでブレスレットにかけた呪いを、僕が弾き飛ばしただけだから」

「殺……」

「君を殺すのが私の愛だって道具屋さんが言ってた」

塩キャベツをモリモリ食べながら六原が言う。彼と自分は別の次元で暮らしているのかもしれない。理解することを諦めた保村は、無心で揚げ出し豆腐を食べて現実逃避に努めた。

◆◆◆

外に出ると夜空にはちらほらと星の輝きがあった。確か店に入る前は曇り空だったはずなのだが。

隣では早速六原が夜空を見上げていた。彼はいつも夜になると必ず一度はこうしている。

「まーた星占いしてるんすか」

「うん」

「……何か分かった?」

「うーん……」

ちら、と六原が保村を見る。そして、驚いたような顔をして固まっている。

「……俺のことすか」

「そうなんだけど……えっと、何かの間違いかな……」

「先生……?」

「変だな。こんな風に占いが上手くいかないなんて初めてだ……でも、刑事さんに限ってそんなことは……」

本人に何も情報を与えず苦悩している様子の陰陽師を保村は訝しむ。そこまで取り乱すほどの結果だったのか。

「別にたかが占いでしょ。そんな気にしたりしませんって」

「……でも、もし間違っていたら」

「いいから言ってくださいよ。焦らされてる感じになってるの嫌なんで」

「じゃあ、言う……けど」

かなり緊張しているのか、強張った表情で六原は保村に向き合った。

いやに生暖かな風が二人の髪を揺らした。

「刑事さん、君は近いうちに――」

「はいはい、何ですか」

「人妻に手を出すことになって、その旦那から訴えられる」

真顔を貫こうとする保村の体が僅かに揺れ動いた。

「……また面白い冗談を」

「右の目元にほくろがある、茶髪の関西弁を喋る女の人に心当たりはある？」

「ないっすね」

三週間前に保村が一人飲み特化のバーで出会った女だ。

「その人は今度、刑事さんに何も教えないで結婚するみたい」

「よかったじゃないっすか」

全然よくない。ここ数ヵ月は誰とも付き合っていないと言っていた。

「で、後でその旦那さんに、二人で会ってる所を見付かって、刑事さんが間男呼ばわりされるっていう内容なんだけど」

「いやいやいやいやいや、どんだけトンチキな占い結果なんだって……」

「そうだよね。酔ってるのかな。変なのが見えちゃって……ごめん」

「いいっすよ。あんた酒あんま慣れてないのに、俺に付き合って飲んでたみたいだし。というわけで、俺はこれで失礼します」

「うん……本当にごめん」

「…………………」

「…………………」

「え……本当にその女結婚するって……？」

「うん。式場も分かるよ」

裏切られたのが辛いのではなく、とんだ物件に手を出してしまったショックが強すぎる。何とか平静を装おうとするが、動揺が目と声に現れている保村に六原は口を開いた。

「だ、大丈夫だよ！　今から頑張れば運命は変えられるはずだから！」

そんなかっこいい台詞《せりふ》、このタイミングで言うべきでないのは確かである。

「……彼は少々移り気が多いせいで本命を選べない質のようだね」

愉しそうな声に保村を見送った六原が振り向くと、いつもの格好をした『魔女』が夜の街を背景に佇んでいた。何の模様も入っていない黒一色の着物に身を包んでいるのは喪に服しているつもりなのか。自らが殺した相手へ向けての。

「道具屋さん、体の具合は……？」

「君から返ってきた呪いのせいで心臓がとても痛い。まったく、酷いじゃないか」

「ごめんね、あのくらいじゃ僕は殺せないから、受け止めたくても受け止められないんだ」

「あのくらい、か。私にとっては全身全霊を込めたつもりだったのだがね……」

道具屋はふらついた足取りで六原に歩み寄ると、子をたしなめる母のような笑みを浮かべた。

「君への愛はいつになったら届くのだろうね。君が一番望んでいることを他の誰でもない私が叶えてやりたいと思っているのに」

「あなたじゃ……僕は多分殺せないと思うけど」

「いいや、いつか私が殺してみせる。君という名の星を墜《お》として、ただの石ころにして見せるよ。……だからそれまでは君のことは、あの刑事君にお任せするとしようじゃないか」

「刑事さんに？」

この場で出ると思っていなかった名前だった。目を丸くする六原に道具屋は小さく吹き出しながら言った。

「彼は呪具を持った状態で犯人に『口を割らないならこれで殺すぞ』と揺さぶりをかけた。あの呪具は相手へのほんの些細な敵意や悪意に対してもすぐに反応して命を奪う。だが、犯人は死ぬことはなかった。罪を憎んで人を憎まずをやってのけたんだよ。大したものだとは思わないかい？」

「あの人は……」

六原は空を一瞥して間を置いてから道具屋に告げた。

「優しいから。僕と違って……」

「そう。人間の振りをした化け物のような君と違って、彼はとても優しい人間だ。命の価値をしっかりと認識している。その分下半身がだらしないようだが」

「うん、そうだね。このままだと人妻に手を出す形になりそうだったし」

「まあ、その都度君が忠告してやればいいさ。では、私はこれで……さらばだ、星《エトワール》」

ふわ、と先ほどとは違う涼しげな風が吹く。

六原が瞬《まばた》きを一つした時には、魔女の姿は既になくなっていた。

CASE 4

ゴーストリィー・ドライブ

田舎に住む両親から大量の野菜が届けられたのは、保村が本日の非番をどう過ごそうか悩んでいた午前中のことだった。農業を営む彼らからの食料支給は月に一度行われており、届くのは主にじゃがいも、かぼちゃ、人参など、ある程度保存が利く根菜類である。以前はもう少しバリエーションが豊富だったのだが、真夏にアスパラガスとトマトが届いた時に事件が起きた。

息子には様々な事情があった。刑事として多忙な日々に追われ、仕事帰りにキャバクラに行く余裕もないくらいに疲労が溜まっていた。首のない子供の霊に付き纏われた。最近会ってくれないと揉めた女に関係を断絶されたこともあった。そんなこんなで台所に立つ機会が減っていたのである。

まあ、ぶっちゃけ腐らせた。経験者でなければ共感は難しいだろうが、野菜の腐敗臭は凄まじいものがある。時季的な影響で腐乱した状態の遺体を発見した夜、アパートに帰ってみると今までに嗅いだことのない異臭が室内を満たしていた。有毒ガスかと焦りながらも室内を捜索すると、台所で変わり果てた姿のアスパラガスとトマトが発見された。

以来、腐りやすい野菜だけは送らないで欲しいという息子の要求をすんなり受け入れ、保村の両親は根菜類を段ボールに詰め込んでいる。

しかし、使わずに放置していたら根菜も死ぬ時は死ぬ。人参は溶け、玉ねぎも溶け、じゃがいもは伸びた芽に侵食されてグロテスクな様相を醸し出す。

保村も料理をする時はあるのだが、忙しい時は全くしない。なので野菜を使い切る時もあれば腐らせる時もある。そんな保村に両親からのアドバイスは「使いそうにないならおすそわけしとけ」だった。

その言葉に従い、保村は助手席に野菜を詰めたビニール袋を乗せて車を走らせる。

今までは一課の面々が対象者だったのだが、近頃は一人追加された。その人物が住まうアパートの前に車を停める。

ビニール袋片手に玄関のチャイムを鳴らすと、数秒後に勢いよくドアが開かれて保村の顔面を直撃しそうになった。

「こんにちは！」

出てきたのは地味そうな見た目の二十代の男。ではなく、どこからどう見ても小学生の少女だった。

部屋を間違えただろうか……。

「……お嬢ちゃん、六原って人の部屋ってお隣？」

「ううん、ここだよ」

じゃあ、彼女は何者だ。今までここに住んでいるのは一人だけのはずだった。一瞬、霊かと思ったが明らかに生身の人間である。そうなると、考えられるのは一つしかなかった。

保村が立ち尽くしていると、部屋の奥から見慣れた人物が慌ただしく玄関にやって来た。

「さ、早紀《さき》ちゃん。勧誘の人だと危ないから……あ」

訪問者が保村だと気付いた六原の足取りが緩くなる。

そんな住人に保村もゆっくりと口を開く。

「先生、あんた何歳の時にこの子作ったんすか？」

「絶対変な勘違いしてる……」

二人のやり取りを少女が不思議そうに見上げている。

◆◆◆

少女は夏目《なつめ》早紀といい、六原の講座によく通っている常連だった。陰陽道に興味があるというよりは、穏やかな性格の六原に懐いているのが理由らしい。

流石に自宅にまで来ることはなかったのだが、今日はどうしても相談したいことがあると本人が言うので六原が招いたそうだ。

　この元事故物件の部屋に。

「ね、ね、先生のおうちって空気すっごく美味しいの。森の中にいるみたい！」

「そりゃ、何も悪いもんが寄り付かないぐらい綺麗な所っすから……」

　築三十年のアパートにある曰く付きの一室も、陰陽師の手にかかれば聖域に早変わりだ。実際、引っ越し初日で全て対処したようだったし。

　その本人は保村が持ってきた野菜にはしゃいでいた。

「わあ、じゃがいもがいっぱいある」

「うちの煮崩れしにくいんで色んなのに使えますよ」

「肉じゃがとかカレーにしようかな」

「そんなことより、先生って結構子供に好かれるんすね。意外でした」

「あの子、初めて講座に参加した帰りに外で転んで足擦りむいちゃったんだ。それを見付けて手当てしてあげたら懐かれちゃった」

「あんたもまともな出会い方、出来るんじゃないすか」

「早紀ちゃん小学生だからそういう目で見てないし見る気もないし、道具屋さんがレアケースなだけだから……」

しかし、六原が小学生とはいえ異性に懐かれている上に、部屋にまで招いている光景を見たらあの魔女はどう思うだろう。いくら何でも子供相手に嫉妬するほどの重症者ではないと信じたい。そう思いつつ、保村が早紀の方を見ると、彼女もまたこちらを見ていた。

「ん、嬢ちゃん。いくらお兄さんがかっこいいからって……」

「おじさんは先生のお友達なの？」

「あー、お・兄・さんは先生のね……」

ちら、と六原を見る。彼はじゃがいも片手に固まっていた。

小学生に刑事だと明かすのも、六原との接点を説明するのもどうもやりにくい。六原もそれを感じているのか、先ほどから『刑事さん』といつもの呼び名を使っていない。かと言って名前で呼ばれないのも違和感があった。

六原は恐らく、保村の名前を未だに覚えていない。

「……お兄さんは先生のお友達かな」

「え、そうなの……？」

訝しげな表情を見せたのは六原だった。

「何で一番無難な関係性を出したのに疑念を抱かれなきゃなんないんすかねぇ」

逆に六原はどんな関係を考えていたのか知りたかったが、名前を覚えていないので単なる知り合いレベルな気がした。

「六原先生、かっこいいおじさんとお友達なんだね。すごいすごい！」

「知り合いって言うつもりだったんだけどな……」

本人の口から正解を聞くと予想していたとはいえ、複雑な感情が込み上げてくるものである。

「じゃ、じゃあ、おじさんも先生と一緒にオバケ退治してくれる？」

「オバケ？」

「早紀ちゃん、僕に依頼をしにきたんだよ」

六原への依頼となると内容がそれなりに限られてくる。保村は哀れみの眼差しを早紀に向けた。

「まだこんなに小さいのに人間社会の闇に呑み込まれるなんて……」

「違うよ。今、早紀ちゃんオバケ退治って言ったでしょ」

ジャガイモを袋に戻しながら六原が言う。

「オバケ退治っていうと……」

「おばあちゃんとおじいちゃんが住んでる町にでっかいトンネルがあるんだけど、そこにいっぱいオバケがいるんだって！」

「所謂幽霊トンネルってやつ？」

「うん。夜にトンネルを通ろうとするとオバケが邪魔して事故がいっぱい起きるんだっておじいちゃんが言ってたの……」

「そのオバケたちを先生に退治して欲しいってことか」

祖父母を心配してのことなのだろう。ちなみにどこなのかを聞いて、そのトンネルをスマホで検索してみる。

『肝試ししたら絶対にヤバい心霊スポットランキング上位』の文字が出てきたので保村はそっとブラウザバックした。それから流れるような動きで六原の腕を掴んで、部屋の外に連れていく。

「刑事さんどうしたの」

「あのトンネル、うちの実家の近所にある……」

「えっ……」

六原も戸惑っているのが分かるのだが、それ以上に困惑しているのは保村だった。

「いつの間にか地元のトンネルが日本屈指の心霊スポットになってるのにはどう反応したらいいんすかね……」

「うーん……そこって昔から曰く付きだったたって話ではあったけど」

「どんな感じのっすか？」

「墓地だったのを全て撤去してトンネル作ったんだって」

保村は六原から得た情報に眉を顰めつつも、心当たりがないわけではなかった。よく両親があのトンネルについて不穏な会話をしていたのだ。トンネルの下にまだ残されているだの、トンネル工事を請け負った会社の孫が自殺しただのと。幼いながらに何か嫌な予感はしていたので詮索しようとはしなかったし、良からぬモノが見えてしまったらという不安があったのでトンネルには一切近付こうとはしなかった。幸い、あそこを必ずしも通らなければならないわけでもなかった。

しかし、ネットで有名になるほどの危険な心霊スポット扱いはされていなかったはずである。そんな保村の疑問に答えたのは、彼よりは事情を深く知っているであろう六原だった。

「そこの工事って結構杜撰《ずさん》だったみたいで、下を掘り起こしてみると骨壺とか卒塔婆の一部が見付かったりするらしいんだ」

トンネルの下にまだ……。両親の会話の謎が解けた瞬間だった。

「それで何年か前に骨壺の中身欲しさに、数人の陰陽師が車が通らないような深夜を狙ってコンクリートの下を掘り起こしに行ったら、そこに棲み付いてた悪霊たちに群がられて、そのまま憑《と》り殺されたんだって。しかも、その陰陽師たちの力を吸収してしまって、今は陰陽師とか霊能力者でも除霊の依頼を断るぐらいの危ない一大スポットになったとか……深夜にそのトンネルを通ると、あの世に引きずり込まれて憑り殺されたり、車の操作が利かなくなって事故に遭って死ぬとか」

「一大スポットって言うな。観光名所じゃないんだから」

「幽霊にとっては居心地いいみたいだから、多分観光名所っぽくなってると思う」

骨壺を何の目的で欲しがったかはあまり知りたくないので聞き流すとして、つまりその陰陽師たちの一件が原因で、ただのちょっとした曰く付きトンネルが、どこに紹介しても恥ずかしくない心霊スポットと化したわけだ。

そして、早紀は六原にそのトンネルの除霊を依頼した。

「先生、あの子の依頼受けるんすか？」

「え？　受けるよ？」

「あんた今、陰陽師でも依頼受けないくらい危ないって言ったっすよね」

「うん、だから行くんだ。陰陽師の力を奪ったってくらいだからすごく強そうだし」

どこか話が噛み合わないというか、こちらの意思が上手く伝わっていない。たまに六原の言葉からはこちらが堪らなく不安になるような違和感があるのだ。しかも、それを本人が全く自覚していないのが質が悪い。

まだそう長くもない保村の警察人生の中でも、ごくごく稀にこういう性質を持つ人間の話を聞く時がある。六原は恐らくは……。

「……だけど、あんたどうやってあそこまで行くんすか？　こっからそこまで離れちゃいないけど、車持ってないでしょ」

「あ、そっか……タクシーで行けばいいと思ったけど、真夜中の方が賑わってるしそんな遅い時間まで運転手さんに待ってもらうのは出来ないし……トンネルの入口で時間になるまで待ってようかな」

「それはやめた方がいい」

六原そのものが怪奇現象だと思われ、新たな噂が生まれかねない。だが、六原はあくまで行くつもりのようで他にいい方法がないかと思案している。

野菜を届ける日を間違えた。保村はそう思いながら溜め息をついた。

「先生、一つ提案があるんすけど――」

◆◆◆

見慣れた地元の車道を車のヘッドライトが照らすも、周囲は田んぼや畑ばかりで建築物といえば民家くらいだ。そのため、灯りに乏しく、信号機や外灯も数が疎らなのでヘッドライトの光では少々頼りない。

しかも、この十字路を右に曲がればいよいよ今まで通ったことのない道。つまり、例のトンネルへと続く魔の道である。

「……確か地図によると、ここを右のはずなんすけどね。先生何か感じる？」

「こんな時間に車に乗ることないから酔って吐きそう。でも良かったの？」

「は？」

「僕にわざわざ付き合ってくれるなんて」

明らかに元気のない六原からの問いにアクセルを踏みながら、保村は「まあ、俺の地元っすからね」と素っ気なく答えた。

両親が住む町がいつまでも悪い意味で目立ち続けるのはあまりよろしくない。それを解決してくれる六原に協力してやらなければという使命感もある。

だが、どちらかといえばもう一つの理由の方が本題かもしれなかった。

「オェップ」

そして六原の運転手を引き受けたことを、まだ何も始まっていないこの段階で悔やんでいる。

「先生、吐いたらすぐに引き返しますよ。そんで清掃手伝ってくださいよ」

「刑事さん運転荒いんじゃ……」

「あんたが酔いやすいの！」

だが、こうして騒いでいる方が気が紛れるのも確かだった。時刻は既に日付が変わる寸前に差し迫っており、田舎町だけあって車は自分たち以外に見当たらない。

今からトンネルに行く。それを差し引いても、不気味な気配が纏わりついて離れようとしない。信号機の赤すら妙に毒々しく見える。異次元に迷い込んでしまったかのような錯覚を抱き、保村は小さく深呼吸した。

後部座席に誰かが座っていたら。ほんの少し脳裏をよぎった可能性に腹の奥底が冷たくなる。

田舎は昼間は長閑《のどか》で都会の窮屈さがなくて心地よいのだが、夜になれば一寸先は闇だ。霊が見えることもあり、保村は家業の農業は兄に任せて住み慣れた町を去ったのだ。

「……親不孝もんだな」

「刑事さんが？」

独り言が声に出てしまっていたらしい。保村はバツの悪い表情を浮かべつつ、六原がじっとこちらを見詰めてくるので誤魔化せずに白状することにした。

「兄貴が親の跡継ぐって言わなくても、どうせ俺は親置いてこの町出てたんだなって思うと、とんだダメ息子じゃねぇかって」

「でも、刑事になって皆を悪いことから守るために頑張ってるよ」

それは刑事になれたからだ。もしかしたら別の職業に就いていた可能性だってある。継ぎたくないならそれでいい。自分の夢を叶えてみせろ。家を出ようか迷っていた自分に親が投げ掛けた言葉を思い出して保村は深く息を吐いた。

「小学生の時にドラマで親を殺された子供がわんわん泣きながら自分も殺して欲しかったたって泣くシーンがあったんすよ。そうすりゃ親と同じ場所に行ける。辛い思いをしなくて済むのにって。で、犯人は子供を陰で嘲笑いながら逃げ続けて、最後はヘラヘラ笑いながら『楽しかった』って言ってマンションの屋上から飛び降りる。そのラストが俺の中ですごい引っ掛かったんすよ。どうして、家族を殺された子供があんなに苦しんで、殺した犯人が勝手に自己満足して自分のやり方で人生終わらせてるんだろうって」

ドラマの世界だとは分かっている。それでも、あの遺族の癒えることのない苦痛と、犯人があるべき形で裁かれないことを理不尽だと憤る思いは決してフィクションではなかった。そう、思えばあれが夢の原形だったのだ。

「ま、いざ刑事になってみれば、犯人の手がかりのない事件はわんさかあるわ、呪いで殺人が起きたとかわけが分からないことが多すぎるわ、頭ハゲそうなんすけど」

「……ごめん」

「そこでどうして先生が謝るんすか」

何故か謝罪する六原に保村が宥めるように言うと、黒髪を揺らしながら六原は首を横に振った。

「呪いっていうのは大昔から存在してたんだ。今よりも呪術だったり霊的な力が信じられてて、恐ろしい力を持った妖怪や悪霊がたくさん存在していた魔の時代。ううん、妖怪よりもあの頃から人間の方が怖かったな。政治で邪魔な奴を呪い殺してくれなんて依頼も来て、何とか全部断って。でも、そういう人は別の陰陽師に依頼して呪殺してもらうんだ。……そんなことをやってる暇があったら、呪いなんてものを後世の世の中に広がらないようにしておけばよかったのにね。皆も。……僕も」

まるでその有り様を見てきたように六原が語る。感傷に染まった車内の空気を変えようという彼なりの不器用な気遣いから来るジョークなのかもしれない。保村は苦笑する一方で、一つの問いを投げかけた。

「そういや、先生は何で陰陽師になろうって思ったんすか？」

「……何でだったっけ」

「そこらのバイトならともかく、陰陽師の志望動機ぐらいは覚えとけよ」

「と申されましても結構昔の話ですし……」

「え、小学生の頃から陰陽師になりたかったんすか？」

「……まあ、ずっとずっと昔に、なろうと決めたから。でも、今この仕事を続けようって思っている理由はちゃんとはっきりしてるよ。僕は……僕じゃどうしようも出来ないような化け物に会いたいって思ってる」

何だそれは。前方をしっかり見据えながらも口をへの字にする保村へ、六原は夜の静寂に溶け込みそうなくらいに細やかな声で続けた。

「自分は、僕は化け物じゃないって実感したいんだ……僕よりもずっと強い化け物に怯えて……」

「……その話は後で聞くとして着いたっすよ」

車を一旦路肩に停めて、保村は数メートル先の空洞へ恐怖の眼差しを向けた。

ぽっかりと開いた穴の内部はオレンジ色の道路照明で照らされており、それがかえって、ここだけが次元の違う場所のように思えて、わけも分からないまま身震いした。入ったら二度と元の世界に戻ってこられなくなりそうだ。

「……これは後から調べてみたことなんだけど」

六原が口を開く。

「ここに前にあった墓地はね、土砂崩れがあって全部埋まってしまったんだって。勿論、埋まった墓石や骨壺の回収はしたけど、どういうわけか、大がかりな工事をしてトンネルにする計画になったみたい。……あくまで、噂でしかないけど、土砂崩れが起きた時墓参りしてたおばあさんがいて、でもその人は見付けてもらえなくて、そのまま今のアスファルトの地面の下で……」

「六原透流の怪談ナイトの時間じゃないんで……今は……」

隣の陰陽師が恐怖を煽ってくるのは故意か、天然か。保村は心の中で般若心経を無限リピートしながらアクセルを踏んだ。

吸い込まれるようにしてトンネルに侵入する。

他と何ら変わりのないトンネルだった。一定の間隔で壁に設置された植木鉢に花が飾られていることを除けば。日の光が一切当たらないトンネル内にこんなに花を置くものだろうか。花はどれも可憐な花弁を開かせているので造花の可能性もあるのだが、だとしても奇妙だ。

花が気になりすぎて、照明がいくつか切れていることなど全然怖いとは思えない。

「来るんじゃなかった」

「後悔するんだったらどうして……」

「先生を放っておけなかったんすよ。自殺志願者を見ているような感じに見えたから」

六原へ視線を向けることなく保村は言い切った。

「あんた、死にたがってるだろ。しかも、ただ死にたいんじゃなくて、陰陽師として『何か』に負けて死ぬっていう遠回りな自殺を望んでる。……自覚、してると思うけど」

自覚しているのがむしろどうしようもない。

きっと、ここにだって自分を殺してくれそうな化け物がいるのではと淡い希望を持って訪れたのだ。仕事に生きて仕事に死にたいなんて職人気質でもない。陰陽師ではなく、六原個人としての願いに保村には思えた。

「……化け物」

ぽつりと六原が呟くように言った。

「どんな幽霊や妖怪も僕には勝てない。どんな呪いも僕には効かない。だから、化け物って呼ばれるようになった。お前は人間じゃない。化け物が人間の振りをするなって父さんに怯えられてたんだ。でも、僕は自分がちゃんとした人間だって思ってる。命の重さだってちゃんと理解してる。なのに……僕が化け物と怯えられるのは、僕よりも強い化け物がいないから。だから、僕は………刑事さん？」

保村は目の前をまっすぐ見詰めたまま、凍り付いたように動かなくなっていた。六原の言葉に愕然としたわけではない。

サイドミラーを確認した刹那、見てしまったのだ。誰かが走って車を追いかけてきている。

一瞬だけだったのでどんな姿かまでは分からない。ただ、白かった、と思う。

そして、もう一つ。進むにつれて切れている道路照明の数が増えている。最初に比べて少しずつ、ゆっくりと暗くなっていくのだ。

いや、そもそも、トンネルに入って何分経過している？　何故一向に出口が現れない？

遥か彼方に黒い穴があるのは確認出来る。あれが出口だ。だが、穴との距離を縮めることが出来ないのだ。

暗い。ついている照明の方が少なくなってきた。もし、これが全て切れてしまったら。

「先生、どうすか？」

「後ろ見ないでね。追ってきてるし、すごい数の人たちがこっち見てる」

気休めでもいいから嘘を言って欲しかった。ハンドルを握り締める手がじっとり汗で濡れているのを感じる。言わなくても後ろなんて振り向けない。もう一度サイドミラーを見てしまったら最後、正気を保てなくなる気がする。

「俺はどうしたらいいんすかね……」

「安全運転をしていただければ……」

「それこの状況で言います？」

「ここで刑事さんがハンドル操作を誤って事故に遭ったら、誰も救急車とか呼んでくれないし……」

「幽霊にわんさか囲まれてる時に現実的な話をされても困るし、早くどうにかしてもらえませんかね!?」

保村の精神も限界を迎えようとしている。少しでも恐怖を紛らわせようと保村はオーディオプレイヤーをつけようとしたが、その手を六原に弱い力で叩かれた。

「僕を降ろしてくれる？」

「はぁ⁉」

「そろそろ何とかしないとまずいかも」

「……そんなにヤバいんすか？」

「あんまり遅くまで起きてると寝不足で明日が辛い……！」

「降ろしてそのまま置き去りにしていい？」

適当な場所に車を停めると、躊躇《ためら》いなく六原はドアを開けて降りた。

「じゃあ、ちょっと話つけてくるね」

「話って何を？　俺たちがあの世に連れていかれないようにするための交渉か何かっすか？　六文銭なんて持ってないから三途の川は渡れないって言っといてくださいよ」

保村は半ば自暴自棄になって言い放つ。恐怖のメーターが限界突破して逆に少しずつ冷静さを取り戻しつつあった。

「六文銭はあくまでお布施みたいなものだから、なくても三途の川は渡れるよ。安心していいよ」

「出来るか馬鹿野郎」

こんな時に講師としての顔を見せてもらわなくてもいい。見せるべきは陰陽師としての顔だ。

「それと、別に死にたくないから助けて欲しいって言いにいくわけじゃないんだ」

「じゃあ何……」

「悪いことをした人は一人残らず地獄に叩き落とすから、覚悟してくださいって言ってくる」

瞬間、全ての照明が切れた。

「……っ、先生？」

返事がない。ヘッドライトだけが唯一の光となった空間の中で、保村は開いたままだった助手席のドアを慌てて閉めるとロックを掛けた。六原が戻ってくるかもしれない、とは考えられなかった。今、乗って来るとしたら別の『何か』だ。

はぁー……、はぁー……と自分の呼吸音と車のエンジン音だけが聞こえる。正直どこに視線を向けていいのか分からなかった。僅か先しか照らしてくれないヘッドライトの光の先に何かがいるのが見えてしまったらと思うと前すら視線を向けられず、かといってライトを消して完全な闇にするなんて自殺行為に等しい。

仕方なくハンドルの中心部をじっと見ていた時だった。

コン、コン、と運転席側の窓を叩く音がした。誰が叩いているのかなんて見られるはずがなかった。

「刑事さん、開けてもらえる？　何だか寒くて……」

叩く音と一緒になって声が聞こえてきてもだ。

「開けて……開けて……寒いし苦しいんだ……開けて……開けて開けて……」

音が大きくなる。そこにいるのは六原ではない。声が聞こえた時からそう直感していた。何故なら声は明らかに老婆のものだったからだ。

足がガクッ、ガクッと震え出すのが止められない。這い寄る恐怖に呼吸すら忘れていた保村に声のボリュームが大きくなる。

「開けてっ、開けて！　早く開けて！　そうしないとあの化け物に殺され、ぎっ！」

声と音が消えた。役に立たなかった照明に光が灯る。呆然としていると、助手席の窓を叩く音がした。

「刑事さん開けて」

今度は窓を見られた。六原の声だったからだ。ドアに掛けていたロックを外して中に入れてやる。

「おかえりなさい……」

「ただいま」

「どう、だったすか？」

「綺麗になったよ」

どこかやり切った表情を見せながら頷く六原の言葉を証明するかのように、トンネルの雰囲気が先ほどとは明らかに違っていた。窓を開けてみるとよく分かる清らかな空気。まるで六原家に滞在しているかのような清々しさに、保村はあの老婆の声を思い出す。

あれは保村を嵌《は》めるためではない。自分たちを排する『化け物』の魔の手から逃れたい一心で助けを求める声だったのではないだろうか。推理しようにも当人たちが既にいなくなってしまったので、真相は闇の中である。

車を発進させると前方にぽっかり開いていた黒い穴が徐々に大きくなっていき、三十秒後にはトンネルからの脱出を果たしていた。トンネルの向こうに待っていたのは夜の闇だったが、あの体験の後だとこちらの方が断然マシと言える。

「……まあ、大したことなかったすね」

「うん。陰陽師数人の力奪ってたって聞いたから期待してたんだけどな」

「……やっぱり死ぬつもりだった？」

六原はその問いに口を開こうとしなかった。黒い瞳がフロントガラスの向こうに広がる無限の夜をじっと眺めている。

ネオンの光が皆無に等しい田舎の夜空なのに星が一つも見当たらない。何かに光を全て奪われてしまったか、或いは光に拒絶されているかのようだった。

「……死にたいわけではないんだよ」

ようやく六原が口を開いたのは数分後のことだった。

「ただ、証明したいだけなんだよ。僕が人間なんだって」

「そのための手段に死ぬことを選んでる時点で、自殺願望と同義な気もするんすけどねぇ」

「そうかな」

「それに、別に化け物が人間の振りしちゃいけない道理もないでしょうよ」

六原がこちらを見た気配がした。が、こんな夜道だ。横を向くわけにもいかず、保村は前を見たまま言葉を紡ぐしかなかった。

「俺は化け物みたいな中身の人間なんて山ほど知ってますよ。金や情欲、つまんねぇことで他人を殺してしまう人間。だから化け物が人間に成り済ましたところで、『ああ、いつもと逆パターンか』ぐらいにしか思いませんて」

「そっか……そのぐらいか……」

「そんなことより、俺はあんたが酔って胃の中身車ん中に、ぶちまけるかもしれないってことの方がよっぽど怖いっすよ」

保村なりに与えてやれる言葉だった。

化け物じゃない、なんて無責任なことは言うつもりはない。だが、六原という男が正真正銘の化け物だったとして、それが距離を置く理由にもならない。

現に隣に自称化け物を乗せた、幽霊退治を兼ねた深夜のドライブは悪くはなかった。

見えてはならないモノを見続けてきた弊害で神経が麻痺しているのかもしれないが。

「じゃあ、化け物でもいいのかな……」

六原が少しすっきりしたような声でそう言った。

◆◆◆

「六原先生、おじさんありがとう！　あのね、おじいちゃんがオバケトンネルからオバケがいなくなったって喜んでたよ！」

三週間後、満面の笑みを浮かべた早紀が六原のアパートを訪れた。その報告を聞きながらニコニコと笑う部屋主の横で、保村は昨夜観たネットニュースを思い出していた。

某心霊番組のロケ地にあのトンネルが選ばれ、数人の霊能力者と陰陽師も同伴させてタレントとスタッフが向かったらしい。霊能力者も陰陽師も、どちらも行くのを非常に渋っていたようで、『ヤバい』と感じたら撮影途中でもすぐに引き返せと忠告もしていたらしい。

そして、深夜にトンネル前を訪れたところで事件は起きる。霊能力者が驚いた表情でトンネルの中に入り、陰陽師がどこかに電話をしている。まさか撮影を始めてすらいないのに？　と尺的な意味で危機を感じたスタッフたちだったが、本当の恐怖はここからだった。

トンネルの中に潜んでいたはずの夥しい量の悪霊が一体残らず祓われており、清浄な空間と化していたらしい。

心霊現象について半信半疑面白半分だったスタッフは、ロケを中断させるための口実だと思っていたのだが、『ロケを続行してもいいが、ヤラセでもしない限り何も起こらない』とまで断言された。結局、ロケは中止。ドライブしに田舎町に行っただけで終わったという。

ネットのオカルトマニアの間では、あのトンネルに居着いていた悪霊がどこに行ったのかという話題で持ち切りになっていた。他の場所に移り棲んだとしたら、そこが新たな心霊スポットになるのでは……。そんな恐ろしい説が流れていたのを思い出しながら、保村は早紀に飴やクッキーをあげている六原を見る。

……多分、全員地獄に落とされた。

EXTRA CASE

「何しに来たの、刑事さん」

「俺、呪われてるかもしれないんで、何とかして欲しいんすけど」

二十二時過ぎ。よい子はもう寝なければいけない時間に、保村はコーポ原見の元事故物件を訪れていた。その部屋の主である男もパジャマ姿でのお出迎えである。

しかし、保村には六原に遠慮して、この時間帯に押し掛けるのはよそうと考える余裕はなかった。かつてなく真剣な表情で玄関前に立つ刑事を、陰陽師は暫《しば》し見詰めていた。感情の読めない瞳《め》にじっと見られているのは居心地が悪い。それでもその視線にじっと耐えていると、僅かに首を傾げながら六原は口を開いた。

「とりあえず、まぁ、入って……」

「はい……」

部屋に入れてもらうと同時に、中から女の悲鳴がした。六原が観ていたドラマ、或いは映画の音声である。声の主の女がベッドの下から出てきた男に全身をメッタ刺しにされている。

「ごめん、お茶切らしてるからトマトジュースでいい？」

「すみません、やっぱり怒ってます？」

「何で？」

「何でって」

　これ観せられながら、俺トマトジュース飲ませられんの？　保村はそんな気持ちでテレビを観る。女が血まみれになりながら、部屋の壁に磔《はりつけ》にされている最中だった。フィクションとはいえ、中々エグい。保村が言葉を失っていると、勝手にトマトジュースをコップにつぎ始めながら六原が言った。

「こないだ、暇だから昆虫標本の展示会行ったんだけど……」

「ごめんなさい、すみません、申し訳ありません。こんな時間に来たことを謝ります。本当に謝ります」

　マジ切れして、わざと物騒な発言ばかりをしているとしか思えない容赦のなさだ。しかし、実はそうではないらしく、六原は少し申し訳なさそうに眉を下げた。

「ごめん、こんな夜遅くに誰かが遊びに来たことなかったから、テンションが上がっちゃって」

「気持ちは分かりますけど、下げてくれないっすか？」

「じゃあ映画鑑賞も一旦中断するね」

　六原がテレビ画面にリモコンを向けながらボタンを押すと、一時停止になった。殺された女の顔がアップになったシーンで。それを観ながら飲んだトマトジュースの味は、よく分からなかったと後に保村は振り返る。

「それで呪われてるかもしれないって？」

自分はただの水道水が入ったコップ片手に六原が尋ねる。

「まぁ、そうなるっすね」

「誰から？」

「女」

「それもそうか……」

独り言のように呟きつつ、六原は保村本人ではなく保村の背後を気にしているようだった。生き霊が憑いていると言われてからというもの、よく鏡で確認しているが、その生き霊の姿を捉えたことはいまだにない。憑かれた本人には見えない、そんなものなのかもしれない。

「それで何で呪われたの？　疚《やま》しいことした？」

「その言い方やめろ！」

「だって女って言うから……」

濡れ衣である。今回の件に関しては。

「夜に街ぶらついてたら、女同士の取っ組み合いに出くわして止めに入ったんすよ」

「あ、まとも」

　意外そうな顔をして六原が失礼なコメントをする。

「で、どっちもベロンベロンに酔っ払ってたんだけど、喧嘩の理由が胸の大きさに関してだったんす」

「え？」

「いや、だから要するにどっちの胸の方がでかいかって話」

「結構そういう理由で喧嘩ってあるんだね。僕が受けた依頼でも、長い髪と短い髪のどっちが可愛いかで喧嘩になって、片方が相手に呪いをかけて……って件があったっけ。人間って不思議だなぁ」

「不思議って……女からしたら結構重要な問題でしょ」

　見た目を重視している女は多い。それを理解出来ないような言い方をするのは如何《いかが》なものか。呆れながら保村が言うと、六原は真顔で一言。

「死んで腐れば見た目なんてどうでもよくなるよ」

「そんな夢も希望もない話があるか。で、止めたら片方の女が『あなたは私たちのどっちの胸の方が大きく見えるか』って聞くんすよ」

「何て答えたの？」

「答えてないっす。ただ、もう片方をチラッて見ちまって。まぁ、そっちの方がでかかったんだけど」

　悪気はなかった。つい、反射的に大きい方に視線を向けてしまっただけで。だが、それは保村に質問を投げかけた女の逆鱗《げきりん》に触れたらしい。鬼のような形相を浮かべると、保村を指差しながら宣言したのである。

「『あんたが二度と女と付き合えないような呪いをかけてやる』って……」

「…………」

「最初は単なる冗談かと思ったんすけど、あれ以来全然ナンパが成功しないし仲のいい女を誘っても全て断られるし……それが一週間も続いて……」

　保村の声は次第に小さくなっていった。呪いそのものは信じてはいるが、まさかそんな効果をもたらす呪いなどあるわけないと思い込んでいたのだ。ところが、その夜から女運が死んでいる。これが呪いではなくて何なのか。藁《わら》にも縋《すが》る思いで、こうして六原宅にやって来たわけだが。

「別に呪われてないけど」

　欠伸《あくび》をしながら六原は即答した。

「……呪いじゃない？」

「うん。呪われてないよ」

「本当っすか？」

呪われていた方が百倍よかった。こくこくと何度も頷く六原に、保村は絶望していた。女にモテないのが呪いのせいじゃない……だと？

「多分、呪いじゃなくて生き霊が憑いてるせい……」

「俺自身の問題じゃないってこと？」

「うん」

心の中で保村がガッツポーズを決めた瞬間である。

「普通、生き霊っていうのはそんなに害があるものじゃないけど、時々情念が強いと悪霊、妖怪に近い存在となって生者に襲いかかるから」

「情念ねぇ……」

結局、一番恐ろしいのは人間だなと保村はため息をつく。

「人の念っていうのは強いよ。男女の関係によるものなら尚更……有名どころだと約束を破った男を大蛇になって焼き殺した安珍清姫《あんちんきよひめ》伝説とか」

「俺、あんまりそっち系には詳しくないんで。ただ、丑の刻参りしてて鬼になったって話は何かで聞いたことあるっすよ。確か、浮気した男を呪ってるうちに鬼になったんでしたっけ？」

「その鬼になった女の人は僕が……ううん、何でもない。それより、刑事さんに憑いてる生き霊はどうする？」

　一瞬だけ寂しそうな表情を見せた後、そう問いかけた六原に保村は自分の耳を疑った。

「どうするって……消してくれないと困るんすけど。大体、何でその生き霊は俺の女運を潰しにかかってるんすか」

「嫌がらせってわけではないと思うよ。むしろ、その逆かな……刑事さんのことが大好きすぎて他の女の人を近付けないようにしてるみたいだし。よかったね」

　よかったねと言われても複雑な気分だ。つまり、生き霊の嫌がらせの根底にあるのは保村への恋愛感情ということになる。それを知ってしまうと、すぐにでも祓ってくれとも言えなくなる。

　顔も名前も分からない生き霊に憑かれているなんて不気味かつ迷惑でしかないのだが、どうにも邪険にしづらい。そんな保村の葛藤に六原も気付いたのか、「刑事さんは優しいからね。今の話はしない方がよかったかも」と言う。

「……しちゃったもんはしょうがないでしょ。ちなみに俺に憑いてる女ってどんな感じなんすか？」

「…………女？」

　不思議そうに六原が首を傾げるので、保村は背中から冷たい汗が止まらなくなった。どうしてクエスチョンマークがつくのだ。

「いや、女っていうかメスというか……」

「メス⁉　まあ、男じゃねぇならいいけど……よくねぇよ、何だよメスって！」

「馬」

「馬……⁉」

人間じゃないのは薄々予感していたが、せいぜい犬猫だと思っていた保村の予想の斜め上をいく答えである。

だが、心当たりはある。一週間前の非番の日に、保村は女友達にせがまれて動物園に行った。その時、一頭の馬がずっと保村の方を見詰めているので、不思議には感じていたのだ。そして、例の胸の大きさを巡る女の喧嘩に遭遇したのが、その日の夜だったのである。

まさか、そもそもあの喧嘩に巻き込まれたことすらも生き霊の影響なのでは……。

「刑事さん」

「……動物に好かれるのはいいことだとは言わないでくださいよ。好かれるといっても限度があるんで」

「『遠野物語』には、オシラ様って馬と結ばれた女性の話があるし大丈夫だよ」

「何が大丈夫なのか全然分からねぇ……」

保村は頭を抱えた。何のフォローにもなっていない。『遠野物語』、確か岩手県の遠野という地方に伝わる不思議な逸話や伝承を纏めたものである。

「僕は祝福するから心配しなくても大丈夫だよってこと」

「いいから早く馬の生き霊を祓って！　早く!!」

揶揄《からか》っているのではなく、わりと本気で言ってるっぽいのが恐ろしい。祝福されてたまるかと、もはや涙声になりながら保村は懇願した。

◆◆◆

「ちなみに俺でも使えそうな術はあるんすか？」

馬の生き霊（メス）から解放されてから数日後、保村は再び六原の部屋に来ていた。目的は今言った通り。もっと詳しく言うと、何かあった時に一人でも対処出来るように、護衛術的なものを求めに来た。

「あることにはあるけど、あんまり勧められないかな」

少し難しそうな顔をして六原が口を開く。

「陰陽師の仕事が少なくなるからっすか？」

「そういうわけじゃなくて……素人が術をむやみに使うのは危ないから。拳銃だって何も訓練受けてない人が使うのは危ないよね」

「なるほど……」

分かりやすい喩《たと》えである。そう考えると、自分本位の理由で術を聞き出そうとした自分が恥ずかしくなった。

「一応、護身術みたいなので『九字切り』はあるよ。臨・兵・闘・者・皆・陳・裂・在・前って唱えながら手刀で宙を切るんだ。ただ、あれも単純に使っても効果が出るか分からないからおススメはしない。単なるおまじない、厄除け感覚で使ってもらうのが一番かな」

「……あんたが時々言ってる変な呪文は？　オン何とかって……」

「真言のこと？」

オン・ガルダヤ・ソワカ。

オン・インドラヤ・ソワカ。

六原が呪いと対峙した時、それを唱えていた。

「あれは仏様たちの加護を一時的に得るために唱えてるんだよ。ガルダヤは迦楼羅天《かるらてん》、インドラヤは帝釈天《たいしゃくてん》。どっちも強い力を持ってるけど、私欲のために使えばその身を滅ぼすことになるから注意が必要みたい」

「みたい？　あんた、そんな他人事みたいに……」

「私利私欲のために、仏様たちの力をお借りするなんて冒涜だから。僕はそもそもそういう発想自体が信じられないし」

「人間なんてそういう冒涜を犯すために、生まれて来たようなもんっすよ」

保村が冷めた声音で言えば、六原はどこか諦めたような表情で目を伏せて、小さく息を吐いた。

エピローグ

「昔、まだ私が子供だった頃におんようじ？　って職業の人に村が救われた時があってねぇ。確か、ムツハラさんって言ったか……」

御年九十になる老婆がしみじみとした口調でかつての恩人について語り出す。その横では孫娘が困ったように笑みを浮かべながら呆然とする来訪者に説明をする。

「すみません、うちのおばあちゃんちょっとボケてまして、『何か思い出して』みたいに言われると必ずこの話をするんです」

「いえ……」

老婆に『この近くで起きた傷害事件について何か知っていることはありませんか？』と聞き込みをしたら、突然何の脈絡もなく、幼い頃に村が陰陽師によって救われた話が始まった。それに関しては特に驚きはしない。別の老婆に同様の質問をしたところ、白蟻が大発生して困っていると悩みを打ち明けられていたためだ。

事件を捜査していた保村と笠井を驚かせたのは、その陰陽師の名前だった。

「……おばあさん、そのムツハラって陰陽師に会ったことあるんすか？」

「うーん、そういえば昨日外から変な声がしたねぇ。ぎゃーって声と怒鳴り付けるような声と……」

「それ一つ前の質問……」

「よしよし、だけど欲しい情報だ。その他には何かありませんでしたか？」

「ああ、どんな顔をしていたかはもう思い出せないけど……夜に肝試しをしていた私たちを助けてくれたんだった。ただ、声は覚えてるよ。皆で真っ暗闇で怖い怖いって泣いていたら優しい声で『迎えに来たよ』と言ってくれたのがねぇ……そして、私たちを悪いお方から守ってくれた」

「笠井さん、このおばあさん、俺らとは違う時空軸にいるんじゃないっすかね」

「すみません、おばあちゃん聴力はあまり衰えていないみたいなんですけど……」

　孫娘の様子から見るにいつものことではあるらしい。

　今から数十年前の記憶を楽しげに喋る老婆はどこか幼く、彼女にとってそれがどんな思い出であるのかを物語っている。

「私の姉がムツハラさんを呼んでくれたみたいでねぇ……」

　ムツハラという陰陽師に救われた村の逸話。孫娘を始めとする老婆の家族は常日頃から聞いている一種のお伽噺《とぎばなし》の類であるらしいが、『六原』という陰陽師を知る刑事二人にとってはフィクションでは済ませられない話だった。

　聞き込みが終わり、笠井の運転する車に乗り込んだ後も、話題は事件の内容よりもそちらが先だった。

「ムツハラって……六原先生のことだよな？」

「何言ってんすか。あのばあちゃんが小さな頃の話だって笠井さんも分かってるでしょうに」

シートベルトを締めながら保村が冷めた眼差しを笠井にぶつける。だが、笠井も負けじと反論する。

「だけど、あの人って本物の陰陽師らしいからな。不老長寿の秘術でも手に入れてるかも……」

「馬鹿らしい」

内緒話をするかのように、わざと小声で話す笠井を保村は一蹴すると、「さっさと帰りたいんで早く車出してくださいよ」と要求する。刑事としても人生の先輩としても笠井を敬おうとする気持ちが相変わらずない。

「あの人、普通にまともな経歴ですからね。大学までは」

「大学まではって……そこから何があったんだ」

「普通に生まれて普通に小学生になって普通に中学生になって普通に高校生になって普通に大学生になって、普通に陰陽師になった」

「最後普通って言えんのか？」

借日会館事件の時に六原の社会人としての情報は調べてあったのだ。大学卒業後すぐにフリーの陰陽師を自称して依頼を募集するようになるという、ジャンプアップステップを披露しているが、そこに行き着くまではどこにでもいる平凡な学生。通っていた高校も偏差値はまあまあ。

笠井の言う通り、不老長寿の秘術を身に付けていたらこんな真っ当な経歴も存在しないはずである。

「六原って名字の陰陽師が昔もいただけでしょ。そんなもんに頭悩ませるより、事件のこと考えますよ」

「ロマンがないな……六原先生と仲いいくせに」

「そりゃ好感度は上げておいた方が後で便利っすからね」

「そんなんだから女は出来てもダチが出来ねぇんだよ、お前は……」

「女がいりゃ十分なんで」

笠井の案じるような呟きを無視して保村はスマホを取り出すと、ＳＮＳの画面を開いた。

◆◆◆

封鎖された山道の入口にぽつん、と佇む小さな建物がある。この道の向こうにかつてあった村の歴史を纏めた会館だ。太平洋戦争が終わり、日本が徐々に発展していくと同時に村人も少しずつ村外に旅立ち、やがて廃村となったのだが、村人の子孫たちがせめて形として何かを残したいと建てられた。

中には当時の村の様子や使われていた道具の紹介がされており、男たちに届いた赤紙や兵士となった彼らが家族に宛てた手紙もある。兵士たちはどんな思いで手紙を書き、家族たちはどんな思いで読んでいたのだろうか……。

「まあ、そんな都会からわざわざここまでお越しになって……」

「知り合いのおばあさんが以前この村に住んでいたと聞いて興味が湧いたんです」

館長を務める四十代の女に保村は愛想笑いを浮かべた。あの老婆の家族から彼女がかつて暮らしていた村を聞き出し、廃村になっていると知った時には落胆しかけたが、すぐに子孫たちによって規模は小さいけれど歴史館が開かれていると知り、希望の光が見えたものだ。

休日に車を飛ばしてわざわざ他県まで向かう。しかも、知り合いと同名の陰陽師について調べるために。自分の行動に溜め息が出てしまう。笠井にはあれだけ冷たく言っておきながら、実際は気になって仕方なかったのだ。

六原は以前受けた依頼の内容などはよく話すのだが、彼個人のことや家族についていてはほとんど話さない。後者については皆無だ。触れられたくない過去なのかもしれない。聞く必要もないことをわざわざ聞き出すつもりはないものの、どうもそれだけではない予感があった。

だが、ムツハラという陰陽師の痕跡を追ってここまで来たはいいが、それに繋がるようなものはなかった。戦前、戦中、戦後と三つの時代の移り変わりを知ることの出来る資料は意外と多い。しかし、保村が望むものはないように思えた。

「あの、何かお探しでしょうか？」

難しい顔で館内を歩き回る保村に館長が声をかける。

「いや、その……」

「知り合いのおばあさんから何かを頼まれたとか？」

「そういうわけではないんです。ただ、何十年も昔に村を訪れた人物について少しでもいいから知りたかったんですが」

どうやら無駄足だったようだ。せっかくなので他の展示物をじっくり観察して、当時の空気にもう少し触れてから帰ろう。そう決めた時だった。

「……ひょっとしてムツハラさんのことでしょうか？」

恐る恐る尋ねた館長に、保村は驚きつつも「はい」と頷いた。

「おばあさんからそのムツハラさんの話を聞いたんです。……知人の先祖がその人かもしれないので気になってつい」

「そうだったんですね。あなたが初めてですよ。その人のことでここを訪れたお客様は」

「……お気を悪くされたなら申し訳ありません」

「まさか、彼は村を救った恩人ですから。……どうぞ、ご案内いたします」

「どこへ？」

「村一番の宝物が保管されている場所です」

そう言って案内されたのは館内の奥にあるスタッフルームだった。その右側にキーロック付きの厳重な造りの扉があった。何でも、これだけは絶対に客には触れさせるなと元村人から言い付けられていたらしい。

「俺が見てもいいんですか？」

「本当はいけませんけど、きっとムツハラさんのことを知りたがる人なんてあなたぐらいですから。ただし」

「分かっています。このことは誰にも言ったりしませんよ」

打ち明けるメリットもないだろう。館長の言葉を先読みして返すと「ありがとうございます」と悪戯《いたずら》めいた笑みを見せられた。

ロックが解除され、ドアが開かれる。中は暗くひんやりとした空気で満ちていた。

その中央に古びた祠《ほこら》が置かれている。不思議と薄気味悪さは感じない。

　室内の灯りをつけると、館長は手袋を嵌めて祠をゆっくりと開いた。

「これが宝物ですか？」

「はい。ムツハラさんが村に残していかれた物です」

　赤色で五芒星が描かれた絵馬が吊り下げられている。それだけだ。宝というのでもう少し豪華なものを想像していただけに反応に困る。気の利いたコメントも出来ず立ち尽くす保村だったが、館長は想定内だと言うように笑った。

「分かります、分かります。私も最初見た時はお兄さんみたいな反応だったんです。こんなの、どこが宝物なの？　って」

「いや、まぁ……そうですね……」

「ですが、ムツハラさんは村に恐怖をもたらした山の神を懲らしめた後、お守りとしてこれを残したと言います」

「山の神？」

「神様といっても人を慈しみ守るような存在ではなく、山やそこに住む生物や人々を支配する独裁者のような側面を持っていたとされています。山の神は村人たちに『この地で暮らしたくば、そのための贄《にえ》を捧げよ』と要求したそうです。山を去るという選択肢はありませんでした。ただでさえ貧しい暮らし、新たな住処を見付けることなど容易ではありませんからね。年に一度、幼い子供を泣く泣く夜の山に行かせたと言います。……子供は二度と親元に戻らなかったそうです」

人身御供。どこの地方、どこの国でも実在していた悪習だ。神や自然そのものに人間を捧げ、豊穣を祈ったり神のご機嫌とりをしたりする。

保村は眉を顰めた。

「肝試しと称して夜の深い森に放つ……神の供物となるだろう子供の後ろ姿を見た親が、衝動的に連れ戻さないためだったと言われています。供物を捧げる行為は十年近くに及んだそうです」

「誰か止める人は……」

「神とはいえ、もはや物の怪と何ら変わりがない。そう主張した村人たちによって連れて来られた高名な祓い屋や僧が山に入っていきましたが、彼らは翌朝になると木の枝に串刺しになって死んでいたらしいです。それほどまでに強い力を持っていたのでしょう。山の神は次第に強欲さを増していき、ある年、ついに五人も差し出せと告げました。それも一度にです。それでも、山の神には逆らえない。生きていくためには、村を守るためにはまだ弱い命を天に還すしかない。そう自分たちを納得させました。子供を隠して免れようとする親もいましたが、必死に説得したそうです。そして、夜に五人を山に入らせた……ですが、妹が贄の一人だったある少女は、どうしても妹を山の神に奪われることが耐えられませんでした。少女は親の話を盗み聞きして肝試しが何を意味するのか知っていたんです。大人たちでは妹を救えない。そう思い、一人で山に入ろうとすると『子供がこんな時間に森に入るのは危険だよ』と声をかけてきた若い男がいました」

保村は脳裏に情景を思い浮かべた。自らも死ぬかもしれない恐怖と戦いながら、妹を取り戻したい一身で山に入ろうとした。そんな子供を見付けて声をかけた男。

「男は少女から話を聞くと彼女には危ないから家に帰るように告げ、山の中に入っていきます。少女は妹が戻ってきますようにと祈りながら家に戻り、帰りを待ちました。その翌朝、若い男は山から無傷で下りてきたんです。五人の子供たちを連れて、手には何かを包んだ風呂敷を持って。何だと思います？」

「山の神とやらの生首かも」

温厚な性格のくせにそういう所に関しては苛烈な一面を持つ身近な陰陽師の行動パターンを想像しながら、半ば冗談混じりに言ってみる。

「すごい……！　そうなんです、ムツハラさんは風呂敷の中から山の神の切断した頭部を大人に見せ、自分の名と職業を名乗るとこう言いました。『生贄を得ることで力を保つことの出来る神もいるから一概に人身御供を否定することは出来ません。ただ、僕があの山で出会った神は、己の欲に染まり切って神格を失っていました。だから、首を落として痛い目を見てもらいました』と」

「……首を切り落とされたんだから痛い目どころじゃないんじゃ」

「彼曰く、数百年したら生えてくるから大丈夫だと……」

本当に大丈夫なのだろうか。

「山の神はそれから二度と人を贄として要求しなかったといいます。首がない状態なので贄に人間を捧げられたとしても食べるための口がなかったことと、ムツハラさんが置いていかれた絵馬が山の神を怯えさせたのが理由だそうです」

「なるほど。そういうことなら確かに宝物……ですね」

それを見越しての首の切り落としだったのだろうが、本当に容赦がなかった。再び村人を襲ったらどうなるか。強大な力を持つ山の神も大層恐れたのかもしれない。

想像して渋い顔をする保村に館長は小さく吹き出した。

「……まあ、そんな話なんですが、どこからどこまでが真実なのかはちょっと。これに関しては絵馬以外、何一つこの話が本当だったのか裏付ける証拠がないんです。もしかしたら、実は山の神なんて最初から存在してなくて、何もかもが単なる作り話。子供たちは貧困のために山で殺され、ムツハラさんという方はそれを止めに来ただけだったのかもしれませんし……」

「…………」

つまり、館長もそこのところは半信半疑らしい。確かにこんな話が今から何十年か前に起きたのだ。普通なら手の込んだ作り話としか思えないだろう。

だが、あの老婆は恐らく自分が山の中に入った本当の理由を後から知ったはずだ。生贄で死ぬか、間引きのために殺されるか。どちらにせよ、村の存続のために死に行くべく闇に覆われた山に向かった。そこに現れた陰陽師に救われた。そして、今は家族に囲まれて穏やかな余生を送っている。

真実はどうあれ、彼女の『ムツハラ』に対する感謝の念は本物であることに変わりはない。

◆◆◆

住み慣れた街に戻り、行きつけの飲み屋に寄ろうかと考えたがどうもそんな気にもなれなかった。キャバクラに行く気分でもない。

ここ最近、暇があると六原について調べていたのだが、得られた情報は大してなかった。それどころか調べれば調べるほど頭を悩ませた。件《くだん》のムツハラに関しては写真や似顔絵が残されていないので、どんな容姿だったのか確認出来なかった。そこはまだいい。問題は六原の学歴だった。

在籍していた痕跡があるにはあるのだが、それは全て書類でのみだった。妙なことに卒業アルバムに六原の写真がないのだ。それについては学校側も困惑していた上に、当時六原の担任をしていたはずの教師に聞いても彼に関する記憶が何もなかった。小学校も中学校も高校も大学も、名前は残されているのに存在は確認出来ない。保村は虚ろな白昼夢を見ているかのような心地になった。

家族も十年前に事故で死んでいる、とされているが、何故かそれ以外の情報が見付からない。

結局、六原透流が何者であるかを保村は掴めずじまいだった。

「不老長寿……ねぇ」

あまり尊敬していない先輩の言葉を思い出す。不老長寿というよりどちらかといえば……。

「不老不死……」

そんなまさか。自嘲し歩きながら空を見上げる。葡萄色に染まる空に、もうじき星が姿を見せる頃だ。

六原の得意な星占いはどのようにやるのだろう。星が出るとすぐに見上げて何かを占っている彼の姿を思い浮かべながら、夕方の街を歩いていた時だ。

「あ」

「あ」

今まさに、目の前で星を見上げながら立ち尽くしている陰陽師の姿を見付けた。

「……偶然っすね、先生。何してんの」

「えっと……星占いと思ったんだけど……うん、まだ星見えないなぁ」

「あんた、星を見るの、占い目当てでしかないのかよ……もっと景色として見るとか」

「うーん……そう言われても……綺麗かな？」

何かすごいことを言われたような。星をよく見上げているくせに、綺麗だと思っていなかったという衝撃の事実に保村は唖然とした。それから、妙に納得してしまった。

このわけの分からない、掴みどころがないのが六原透流という陰陽師だ。たくさん調べたというのに、そのことを知れたのが今この瞬間だったのがどうも信じがたい。

「……最悪だ」

「えっ、えっ、何が？」

「いーえ、別に。それより今から飲みに行くんすけど、先生もどうです？」

「うん、いいよ。最近美味しい店見付けたから、そこにしよう」

「そこ、何が美味《うま》いんすか？」

「自家製の油揚げ」

「俺たち狐じゃないいんだけど……ま、いいや、案内してくださいよ」

「あ、そういえば。さっきから刑事さんをじっと見てくる女の人の悪霊がいるんだけど、どうする？」

「聞かないで何とかしてくださいよ。悪霊に狙われてるなんて一大事なんすから」

そして、他愛もない会話をしながら二人は夜に変わりつつある街中を歩き始めた。

本書は書き下ろしです。
この物語はフィクションです。
実際の人物・団体等とは一切関係ありません。

ポルタ文庫

まなびや陰陽《おんみょう》

六原透流《むつはらとおる》の呪《のろ》い事件簿《じけんぼ》

2020年1月29日　初版発行

著者　　硝子町玻璃

発行者　田村 環

発行所　株式会社新紀元社

〒101-0054

東京都千代田区神田錦町1-7　錦町一丁目ビル2F

TEL：03-3219-0921　FAX：03-3219-0922

http://www.shinkigensha.co.jp/

郵便振替　00110-4-27618

カバーイラスト　ショウイチ

DTP　株式会社明昌堂

印刷・製本　株式会社リーブルテック

ISBN978-4-7753-1799-0

託児処《たくじどころ》の巫師《ふし》さま
奥宮妖《おうきゅうあやかし》記帳《きちょう》

霜月りつ

イラスト　藤 未都也

街で託児処を営む元・皇宮巫師の昴。ある日彼のもとに「奥宮で起きている妖怪騒ぎを解決してほしい」と、花錬兵の翠珠がやってくる。しかし奥宮は男子禁制。昴は女装姿で捜査をはじめるが……。美貌の青年巫師と堅物女性兵長が大活躍！ 中華宮廷あやかしファンタジー!!

真夜中あやかし猫茶房

椎名蓮月

イラスト　冬臣

両親と死別した高校生の村瀬孝志は、生前に父が遺していた言葉に従って、顔も知らない異母兄に会いに行くことに。ところが、その兄は満月の日以外、昼間は猫になってしまう呪いをかけられていて…!?　人の想いが交錯する、猫と癒しのあやかし物語。

あやかしアパートの臨時バイト

鬼の子、お世話します!

三国 司

イラスト　pon-marsh

座敷童の少女を助けたことをきっかけに、あやかしばかりが暮らすアパートで、住人の子供たちの世話をすることになった葵。家主は美形のぬらりひょん、隣室は鬼のイケメン青年なうえ、あやかしの幼児たちは超可愛い♡　楽しく平穏な日々が続くと思われたのだが……!?

ポルタ文庫